LIPATTI

Alexander Suckel

LIPATTI

Roman

mitteldeutscher verlag

für Max und Oskar

Es gibt Lebenslagen, in denen auch der am wenigsten grausame Mensch so losgelöst von allem anderen ist, dass er ohne Herzklopfen das ganze Menschengeschlecht zugrunde gehen sehen könnte.

Gustave Flaubert: *Die Erziehung der Gefühle*

I

Briefe bedeuten Menschen, und Menschen bedeuten Ärger. Vor ein paar Tagen bekam Kruse Post vom Einwohnermeldeamt in Wittenberg. Man teilte ihm mit, dass sein Onkel Lucalino Lualdi, ein ehemaliger Varietékünstler, Akkordeon- und Klavierspieler sowie gelegentlicher Gedächtnisakrobat, in der Neujahrsnacht gestorben war. Er wurde 89 Jahre alt und fristete sein Dasein in einem süditalienischen Seniorenheim, irgendwo in der Nähe der Stadt Trani. Unter den Hinterlassenschaften, die Kruse ein paar Tage später nach Hause geliefert wurden, fand sich eine Mappe der Künstleragentur Bebel, eines alteingesessenen Wittenberger Unternehmens. So weit, so gut. Das Problem bestand darin, dass Lucalino bereits seit zehn Jahren tot war. Kruse bekam seinerzeit eine Sterbeurkunde und die Rechnung eines Beerdigungsinstituts aus Italien zugeschickt. Er hatte sich vorgenommen, irgendwann, wenn einmal Zeit wäre, das Grab zu besuchen. Es hatte bis jetzt nicht sein sollen.

Das Telefon läutete erneut. Kruse nahm den Hörer ab und sagte nichts. Am anderen Ende der Leitung war ebenfalls nichts zu hören. Nach einer guten halben Minute des Schweigens klickte es, dann war die Verbindung unterbrochen. Der Anrufer oder die Anruferin hatte aufgelegt.

Strenggenommen begann der Ärger mit einem zweiten Schreiben, das fast gleichzeitig mit der leicht vergilbten Amtspost aus Wittenberg eintraf. Keine Unterschrift, kein Datum, kein Poststempel. Er nahm sich zum wiederholten Male den Brief vor, um ihn zu überfliegen: *In Ihrem Besitz befinden sich Dinge, über die Sie aus Gründen, die hier nicht weiter erörtert werden sollen, besser nicht verfügen sollten. Auch wenn Sie glauben, dass Ihnen erbrechtlich diese Dinge zustehen, bitten wir Sie, davon keinerlei Gebrauch zu machen; mehr noch: Wir fordern Sie auf, den Inhalt als nichtexistent zu betrachten. Als Zeichen unseres guten Willens wie auch der Ernsthaftigkeit unserer Absichten sind wir bestrebt, Ihnen eine gewisse Summe zur Verfügung zu stellen, die es Ihnen ermöglichen sollte, bestimmte und für Sie gänzlich wertlose Informationen aus Ihrem Gedächtnis zu löschen. Bitte nehmen Sie zur Kenntnis, dass eine mangelnde Kooperationsbereitschaft Ihrerseits, das Ihnen irrtümlich zugegangene Material uns zu überlassen, ernstliche und irreparable Konsequenzen für Sie zeitigen würde. Was wir hiermit ausdrücklich bedauern würden.*

Er kam mit dem Zug in Wittenberg an, unter dem Arm geklemmt jene ominöse Mappe der Agentur Bebel. Seit seiner Kindheit hasste er den Weg vom Bahnhof in die Innenstadt, jenes Waten durch Brache und Niemandsland. Mit der Abwicklung der Firma Bebel und den testamentarischen Regelungen nach dem Tod der Inhaberin, Mathilda Bebel, wurde eine Rechtsanwaltskanzlei beauftragt, deren geschäftsführender Sozius ein Schulfreund Kruses war. Auch das war bereits über zehn Jahre her. Kruse skizzierte den Fall bei einem gemeinsamen Mittagessen und bekam daraufhin einen Schlüssel ausgehändigt.

Am späten Nachmittag betrat Kruse die Räumlichkeiten in der Jüdenstraße. Erstaunlich, aber für eine verschlafene, zeitresistente Stadt in der ostdeutschen Provinz vielleicht nicht erstaunlich genug, fand er die Büroräume nahezu unverändert. Wie in einem vergessenen Schloss wähnte er sich. Dicke Staubschichten überall, Spinnweben, die ihm ins Gesicht wehten, und ein Geruch verbrauchter, klebriger Luft. Er betätigte den Lichtschalter, die nierenschalenförmigen Lampen erleuchteten den Raum, der von einem chaotischen Ordnungsprinzip beherrscht war. Bis zuletzt, bis zum Ableben der alten Dame, schien hier gearbeitet worden zu sein. Der Schreibtisch war übersät mit kleinen gelben Klebezetteln, mit Terminen, Telefonnummern und Spesenabrechnungen. An den Wänden hingen Künstlerporträts vergangener Tage, debil glitzernd grinsende Schlagerbarden, eine chinesische Schlangenkünstlerin, die es vor Urzeiten hierher verschlagen hatte, grausam kostümierte Volksmusik-Kapellen, ein bemüht finster dreinblickender Kleinkunst-Magier mit gefärbten Haaren, an denen Kruse amüsiert einen alten Lehrer seiner Oberschulzeit erkannte. Auf dem Klavier gegenüber der Eingangstür stand, malerisch drapiert, eine angebrochene Flasche Kirschlikör. Tote Fliegen klebten am Verschluss. Eine kleine letzte Spur der Zivilisation.

Kruse öffnete die Mappe. Er hatte in den letzten Tagen den Inhalt bereits mehrmals durchforstet und studiert. Er war in die Agentur gekommen, um sich vor Ort ein Bild, ein handhabbares, eine Vorstellung zu verschaffen von dem, was vor mehr als vierzig Jahren geschehen war. Mathilda hatte es notiert und, wie um dem Notierten Beweise des tatsächlich Stattgehabten beizufügen, hatte sie wesentliche Details zur Erklärung, zur Erhellung in das Dokument eines Tages hinzugefügt. In der Mappe lag ein altmodisches, mit blauen und roten Trennlinien durchsetztes Abrechnungsbuch, wie es jeder Schuster oder Klempner jener Jahre verwendete, um Zahlen, Aufträge, Eingänge und Abrechnungen zu notieren. Nichts jedoch davon fand sich in dem Buch. Es bestand hauptsächlich aus handschriftlichen Notizen, in einer merkwürdig kleinteiligen Jungmädchenschrift verfasst, penibel Buchstabe gegen Buchstabe gesetzt. Zwischen den einzelnen Absätzen waren Fotos eingeklebt, eine Speisekarte oder Menüfolge, bestehend aus Suppe, Salat, Fisch und Torte. Der Fisch, ein ›Grüner Aal‹, war rot unterstrichen; die Torte hingegen, die altmodische ›Schwarzwälder Kirsch‹ war sorgfältig mit Lineal und blauer Tinte durchgestrichen, so als wäre es nicht dazu gekommen oder der Konditor hätte die Zutaten nicht rechtzeitig beisammen gehabt. Des Weiteren beinhaltete das Buch den Programmzettel eines Konzerts, eine krude Mischung aus Ausschnitten von Wagneropern, der Kreutzersonate und einigen alten Schlagern. Gegen Ende der fast 25-seitigen Dokumentation war ein Foto eingeklebt, und auf der letzten Seite war ein Datum notiert: 24. Mai 1975. Es war ihr 50. Geburtstag. *Der Tag, an dem sich alles entscheidet und die Vergangenheit endet*. So hatte sie es geschrieben.

Anderthalb Stunden hielt sich Kruse in den Räumlichkeiten der Agentur auf. Dann fuhr er zurück nach Halle. Vom Bahnhof nahm er sich ein Taxi zu seiner Wohnung im Advokatenweg. Flüchtig schaute er in den Briefkasten, entsorgte die Werbeprospekte und nahm drei Briefe ungeöffnet mit ins Dachgeschoss. Er schaltete Licht und Heizung an. In der Küche dudelte leise das Radio, er hatte vergessen, es vor seiner Abreise auszuschalten. Im Kühlschrank wartete ein hoffnungsvoller Vorrat an Bierflaschen. Kruse nahm sich eine davon, öffnete sie mit dem Küchenmesser und warf sich, ohne den Mantel auszuziehen, in den einzigen Sessel seiner Wohnung. Seit ewigen Zeiten hatte er Lust, eine Zigarette zu rauchen. Er hatte es sich vor einigen Jahren abgewöhnt, am Tag, als seine Mutter starb. Seit dieser Zeit lag eine ungeöffnete Schachtel im Bücherregal. Sie war mit Sicherheit komplett vertrocknet, aber gerade jetzt verspürte er eine immense Lust darauf. Mehrmals stand er auf, schlich zum Bücherregal, griff nach der Schachtel, legte sie wieder zurück, setzte sich erschöpft in den Sessel. Er sah auf die Uhr, es war bereits nach zweiundzwanzig Uhr, mithin zu spät, um Carla anzurufen. Er hatte auch ernstlich keine Idee, was er ihr hätte erzählen sollen über die letzten Tage. Und während dies ihm bewusst wurde, bemerkte er, wie wenig Lust er verspürte, überhaupt mit ihr zu reden. Es machte ihn weder traurig noch glücklich. Kruse hatte schon vergessen, wann und wo er sie kennengelernt hatte. Ein knappes Jahr vielleicht war es her, und es hatte sich einfach so ergeben. Und es erschien ihm sinnvoll, den *status quo* eines geordneten Sexuallebens nicht mit Sinnfragen zu unterminieren. Das Freundlichste, was sich über Carla sagen ließ, war, dass sie ihn nicht überfrachtete mit Plänen, Anrufen, Überraschungen oder Forderungen, eine gemeinsame Zukunft betreffend. Sie war Ende dreißig, und üblicherweise ist dies das Alter, in welchem Frauen recht lange, mitunter an die zehn Jahre, zu verweilen belieben. Kruse öffnete die zweite Flasche Bier und zündete sich endlich die erste Zigarette an. Sie schmeckte schauderhaft, und er musste sich übergeben. Als er sich den Mund ausspülte, klingelte das Telefon. Kruse stolperte über die Treppe nach oben ins Schlafzimmer. Als er abnahm, hatte der Anrufer bereits aufgelegt. Es war Viertel vor elf. Bevor er sich die Zähne putzte und seinen alten Pyjama anzog, überflog er die Post. Es handelte sich um eine Bankmitteilung bezüglich seiner Vermögenswerte. Nach dem Tod seiner Eltern hatte er eine bescheidene Erbschaft gemacht, die es ihm ermöglichte, bei sparsamer Haushaltsführung ein bis zwei Jahre ohne festes Einkommen zu leben. Dies war insofern von Vorteil, als dass seine Tätigkeit bei der Bahn einer Stellenstreichung zum Opfer gefallen war. Seine Entlassung wurde Kruse morgens um sechs nach einer langweiligen Nachtschicht mitgeteilt. Er hatte es teilnahmslos hingenommen. Der zweite Brief stammte von der Rechtsanwaltskanzlei in Wittenberg und musste gestern nach seinem Besuch dortselbst abgeschickt worden sein. Es war ein Päckchen für Kruse abgegeben worden, und man wollte wissen, ob es ihm zugeschickt werden solle oder ob er es persönlich in Empfang nähme. Der dritte Umschlag beinhaltete eine Postkarte aus Schweden. Carla hatte sie geschrieben, schon vor über zwei Wochen. Kruse warf die drei Briefe samt Umschlägen in den Mülleimer. Dann nahm er sich erneut den Brief ohne Absender vor, den er seit Tagen bei sich trug. Und er begriff mit einem Male, dass es jetzt seine Geschichte war.

Irgendjemand musste Kenntnis von den ominösen Aufzeichnungen des damaligen Geschehens haben. Hatte ein Interesse an der Veröffentlichung oder der andauernden Verdunklung des Tatsächlichen – und hatte Angst, er, Kruse, könne davon Gebrauch machen. Freilich, warum dies alles mit einer zehnjährigen Verspätung geschah, warum dem Ganzen ein derart wichtigtuerischer und geheimniskrämerischer Unterton beiwohnte, war nicht zu klären im Augenblick. Er nestelte nervös am Verschluss der dritten Bierflasche herum. Widerwillig zündete er sich eine neue Zigarette an. Er las ein weiteres Mal den Brief und versuchte dann zu schlafen, was ihm nicht gelang. Morgens gegen vier Uhr stand er auf, kochte Kaffee und machte sich einen Toast mit Butter. Dann setzte er sich an den Schreibtisch und begann einige Dinge in ein Schreibheft zu notieren. Er hatte es sich vor einiger Zeit angewöhnt, Informationen von zweifelhaftem Wert und Gehalt zu sammeln und in ein Schreibheft zu übertragen. Kruse schrieb den ominösen Drohbrief des unbekannten Absenders im Wortlaut ab und setzte mit Bleistift einige bissige Bemerkungen über die Großkotzigkeit des *pluralis majestatis* »wir fordern Sie auf« und »was wir hiermit ausdrücklich bedauern würden« dazu. Als hätte ein Konsortium von Anwälten oder eine verdeckt agierende Agententruppe es darauf abgesehen, ihm, Kruse, einem arbeitslosen Streckenplaner der Deutschen Bahn, den Kampf anzusagen. Gegen sieben Uhr nahm er sich Mathildas Aufzeichnungen vor und schrieb auch sie komplett ab, die gesamten 25 Seiten. Er tat es, weil es seinem Prinzip der Ansammlung fragwürdigen Wissens recht eigentlich entsprach, wohl aber eher aus Vorsicht. Kruse setzte mehrmals im Schreiben ab, um sich zu vergegenwärtigen, dass das, was er las und schrieb, tatsächlich geschehen war. Mühsam versuchte er, eine Art Distanz zum Gewesenen aufzubauen. Am späten Vormittag hatte er Mathildas Schrift komplett übertragen. Aus Sicherheitsgründen gleich zweimal. Einmal in das besagte Heft und ein weiteres Mal auf einige Bögen Extra-Papier. Er duschte, rasierte sich und zog ein frisches Hemd an. Dann nahm er die Blätter, schlug sie in einen Bogen braunen Packpapier ein, verschnürte das Bündel mit einem derben Stück Paketband, verklebte überstehende Ränder mit Klebestreifen und adressierte das Ganze an sich selbst. Das Telefon klingelte. Carla war am Apparat.

»Wo bist du gewesen?«

»Ich hatte zu tun.«

»Wie heißt sie?«

Auf eine derart dämliche Frage fand er keine Antwort.

»Ich habe dich etwas gefragt.«

»Es gibt keine andere Frau, wenn du das meinst.«

»Was bist du eigentlich für ein erbärmlicher Feigling?«

»Ich bin nicht feige!«

Kruse war genervt. Mit einem Arm, den anderen brauchte er zum Telefonieren, versuchte er sich den Mantel anzuziehen.

»Ich habe mindestens hundert Mal versucht, dich anzurufen.«

»Mein Onkel ist gestorben, und ich habe einiges zu tun mit der Regelung seines Nachlasses.«

»Dein Onkel ist seit über zehn Jahren tot!«

»Es hat sich noch etwas gefunden. Ich muss mich darum kümmern.«

Kruse fand, dies sollte als Information ausreichen, und viel mehr hätte er ohnehin nicht erklären können.

»Außerdem warst du doch bei deiner Schwester.«

»Du weißt doch selbst, dass ich seit einer Woche wieder zurück bin.«

Kruse wusste es.

»Hast du meine Karte bekommen?«

»Nein«, log er. »Du hast eine Karte aus Schweden geschrieben, wie lieb von dir. Vielleicht sehen wir uns am Abend? Oder besser morgen. Ich hab' viel um die Ohren zurzeit.«

»Kann mir schon denken, worum es geht« – die Frauenstimme aus dem Hörer wechselte in einen höheren Frequenzbereich.

Kruse verleierte die Augen.

»Ist sie wenigstens hübsch? Bestimmt jünger als ich?«

›Selbstverständlich ist sie jünger, blöde Nuss, ist ja wohl auch kein Kunststück, oder?‹

Freilich dachte er das nur und sagte vorsichtshalber eine Weile lang nichts. Es kostete enorme Anstrengung, die Fassung zu wahren. Nachdem auch dem anderen Ende der Leitung vorübergehend die Argumente versandeten, nutzte Kruse die Gunst des Augenblicks und legte auf.

Als er um halb eins endlich die Wohnung verlassen wollte, klingelte das Telefon ein weiteres Mal. Carla konnte gelegentlich auch von einer unbestreitbaren Penetranz sein. Kruse ignorierte das Läuten, verschloss die Wohnungstür und ging die Treppen hinab. In der Wohnung im zweiten Stock war vor Kurzem eingebrochen worden. Ein paar Handwerker reparierten die zersplitterte Tür. Kruse grüßte flüchtig, die Handwerker sahen kurz auf, ohne etwas zu erwidern. Aus dem Augenwinkel registrierte er, dass einer von ihnen ihm einige Sekunden lang hinterherschaute. Wahrscheinlich war es gut gewesen, das Paket in einen unauffälligen Sportrucksack zu stopfen, dachte er. Vielleicht war er durch den Brief auch nur in eine leicht neurotische Verfassung geraten. Gut möglich, es war irgendein Trittbrettheini am Werk; einer, der ihm Angst machen wollte, der zu viele Schwedenkrimis gelesen hatte und Vergnügen daran fand, anonyme Briefe durch die Gegend zu streuen. Nun gut, aber auch Paranoide können Feinde haben, versuchte Kruse sich in einer Art ironischer Selbstdiagnose. Zur nächsten Poststelle waren es zehn Minuten Fußweg. Kruse stapfte durch den frischen Schnee. Er gab das Päckchen auf, ließ sich die Versendung quittieren, kopierte noch auf dem

Postamt den Einsenderbeleg, kaufte einen Briefumschlag und eine Marke und schickte das Original an die Rechtsanwaltskanzlei nach Wittenberg mit der Bitte um Aufbewahrung. Auf dem Heimweg kaufte er eine Stange Zigaretten. Beim Verlassen des Ladens stieß er, schon in der Eingangstür, mit einem schrankkoffergroßen Kerl zusammen. Der Rucksack fiel zu Boden. Kruse wich einen Schritt zurück und starrte den Mann an. Provozierend und lässig beugte der sich herunter und hob den Rucksack auf, wog ihn in der Hand. Kruse blickte sich um – natürlich war niemand in der Nähe, der das Treiben beobachtete. Ihm war hundeübel. Der andere hielt ihm, lächelnd wie über ein dummes Missgeschick, den in der Hand baumelnden Rucksack hin, nuschelte eine Art Entschuldigung und betrat das Innere des Ladens. Kruse erschlaffte, ihm zitterten die Knie. Wie immer, wenn er nachdenken musste, setzte er sich seinen altmodischen Walkman auf und hörte Musik. Den Walkman hatte er vor einiger Zeit auf dem Fundbüro seiner Dienststelle erworben. Er war derart altertümlich, dass er nicht einmal mehr zur obligaten allmonatlichen Versteigerung liegengebliebener Dinge taugte. Also nahm Kruse ihn an sich, überspielte eine alte Klavieraufnahme von Dinu Lipatti auf Kassette, vorsichtshalber mehrmals hintereinander. So konnte er die Bach'sche *B-Dur Partita* quasi in einer dreißigminütigen Endlosschleife hören. Im perlenden Achteln des Lipatti'schen Fingerwerks fand er jene Form von Ruhe, die er ab und an benötigte, um sich gewisser Dinge zu versichern. Einen Fall galt es zu lösen, obwohl dies doch eher die Aufgabe der Polizei gewesen wäre. Was hätte er tun können? Er hätte das Material abgeben, ein paar Erläuterungen aus seiner Sicht in Form einer schriftlichen Stellungnahme hinzufügen und den Lauf der Dinge aus einiger Entfernung verfolgen können. Wie intensiv der Ehrgeiz der einschlägigen Beamten sein dürfte, einen jahrzehntelang zurückliegenden Fall zu bearbeiten, war allerdings auch vorhersehbar. Also schied dieser Plan von vornherein aus. Die Hinterlassenschaft Mathildas oder seines Onkels hatte er als eine Art Aufgabe zu begreifen. Eine Aufgabe freilich, deren Sinn er nicht verstand. Warum war Kruse in den Besitz der Aufzeichnungen gekommen? Und zum wiederholten Male: Warum jetzt? Letztlich, weil Lucalino es so wollte. Warum dann aber diese kuriose Zeitverzögerung? Es passte nur wenig zum Onkel Kruses, dass dieser ein gesteigertes Interesse an der Wahrheit zeigen sollte. Einer Wahrheit, die doch so detailgetreu verzeichnet war. Also konnte es lediglich eine Wahrheit geben, die hinter den Vorgängen jener von Mathilda beschriebenen Nacht stand und die ohne ihn, Kruse, nicht ans Licht gelangen würde. Nicht nur die Lösung des Falls, schon die Aufgabe war undurchsichtig. Die Dinge sind notiert, die Beteiligten tot, mutmaßlich. Wer sollte ein Interesse an der Wahrheit haben, wenn das, was Mathilda geschrieben hatte, nicht die oder nur ein Teil der Wahrheit gewesen war. *Der Tag, an dem sich alles entscheidet und die Vergangenheit endet.* Wer wusste außer ihr und Lucalino von jenen Geschehnissen? Eduardo. Gott weiß, wo der steckte, ob er überhaupt noch lebte. Vielleicht gab es ein paar Hinterbliebene des armen Nachbarn, dessen Knochen im Kellergewölbe vermoderten. Wenn Menschen an ihr Ende kommen, geraten sie in die archäologische Phase, getrieben von der Lust am Vergangenen, dem Ausgraben der Leichen im Keller. Unwillkürlich musste Kruse lachen angesichts der Wortwörtlichkeit seiner Gedanken.

Auf der Bernburger Straße tippte ihn eine Hand von hinten an, Kruse drehte sich erschrocken um. Vor ihm stand Alina, ein

Mädchen aus der Nachbarschaft, ein rothaariges, nicht sonderlich hübsches Mädchen von fünfzehn Jahren. Ein seltsames Zwitterwesen zwischen Kind und Frau. Er erteilte ihr manchmal Klavierunterricht. Ihre Mutter war eine Freundin von Carla. Kruse, der das Klavierspiel so gut wie dreingegeben hatte, ließ sich geschlagene drei Monate tagtäglich bearbeiten, ehe er nachgab und der Kleinen ein paar Tricks auf dem Instrument zeigte. Sie kam unregelmäßig zu den Stunden, was ihm gefiel. Oft hatte sie keine Lust zu spielen, was ihm offen gestanden noch mehr gefiel. Sie war naseweis und altklug, etwas stumpf und asozial. Sie blieb oft ganze Nachmittage lang bei Kruse, blätterte in Büchern und Atlanten, trank Tee mit ihm, hörte sich alte Jazzplatten an, ließ sich Geschichten über die Bars und Kneipen von Berlin erzählen. Kruse schien der einzige Mensch zu sein, der sie ansatzweise interessierte. Nicht als Mann, vielleicht aber, weil er ebenso stumpf und latent asozial lebte und somit den Nachweis erbrachte, dass man mit dieser Wesensart mindestens vierzig Jahre alt werden konnte. Alina hockte viel vor dem Computer und chattete mit Gesinnungsfreunden in einem Gothic-Forum herum, und überhaupt hatte ihr Äußeres derart wenig Liebenswürdiges an sich, so dass Kruse bald schon die Hoffnung aufgab, aus dieser Raupe würde sich irgendwann noch ein halbwegs ansehnlicher Schmetterling entwickeln. Dennoch mochte er sie. Manchmal machte sie seinen Abwasch aus Höflichkeit. Kruse hinderte sie nicht daran. Sie war der einzige Mensch, der sich frei in seiner Wohnung bewegen durfte. Auch das machte Carla eifersüchtig.

»Hallo! Ich war vorhin da, aber Sie waren nicht zu Hause.«

»Woher willst du wissen, dass ich nicht zu Hause war. Ich hatte vielleicht keine Lust auf Rotznasen wie dich und hab' einfach nicht aufgemacht.«

»Sie waren aber nicht da, die Tür war offen. Bloß weil Sie ganz oben wohnen, müssen Sie trotzdem die Tür zumachen. Schon allein wegen der Heizung.«

»Was weiß ich. Ich war in Eile. Hab' vielleicht vergessen, abzuschließen.«

»Hab' ne Stunde auf Sie gewartet.«

»Heut' wird's nix mit Unterricht.«

»Dacht' ich mir dann auch. Sie sollten echt mal aufräumen, Herr Kruse. Können Sie Carla nicht mal für so was einspannen. Ich mein', sie hat doch eh den ganzen Tag nichts zu tun.«

»Wieso, mir passt die Ordnung in meiner Wohnung ganz gut. Und wenn ich Carla da ranlasse, find' ich auf Jahre nichts mehr wieder.«

»Na, wie Sie meinen, Herr Lehrer. Wenn ich nicht wüsste, dass es bei Ihnen manchmal wirklich so aussieht, hätt' ich gedacht, eine Bombe wär' eingeschlagen.«

Es war klar, dass jemand in der Wohnung gewesen sein musste. Kruse hatte in der vorigen Woche aufgeräumt und war erst einen Abend lang wieder da. Er ließ sich von Alina berichten, wie die Wohnung aussah. Er hatte vor allem die Handwerker aus dem zweiten Stock in Verdacht.

»Könntest du mir einen Gefallen tun?«

»Na klar.«

»Gehst du noch mal in die Wohnung rauf und bringst mir ein paar Sachen. Und wenn jemand in der Wohnung sein sollte und dich fragt, was du da willst, sagst du einfach, du hättest Klavierunterricht und siehst zu, dass du wieder verschwindest, klar?«

»Klar, Herr Kruse. Und was soll ich mitbringen?«

»Hinter dem Schreibtisch ist ein Fach mit Heften …«

»Da, wo sie immer dieses komische Zeug reinschreiben, ich weiß.«

Manchmal ließ Kruse Alina darin lesen.

»Das mit der krassen Geschichte auch?«

»Welche krasse Geschichte?«

»Ich hab' vorhin darin gelesen, als ich auf Sie gewartet hab'. Ist echt krass die Geschichte. Die mit dieser Frau, die ihre beiden Liebhaber abmurksen will oder einen von beiden. Ich hab's mitgenommen. Hoffe, es stört Sie nicht. Ich hätt's auch heut' Abend wieder vorbeigebracht.«

»Wieso hast du das Heft mitgenommen?«

»Ich fand's eben spannend. Sonst stört es Sie doch auch nicht, wenn ich darin lese. Es lag in dem ganzen Durcheinander zwischen dem umgekippten Notenstapel und Ihrem anderen Papierwust. Ich hab's gleich erkannt, weil ich vorletzte Woche doch die Sache mit den abgeschlagenen Köpfen in Offenburg gelesen habe, die Sie abgeschrieben haben.«

»Gib her!«

Alina kramte in ihrer Tasche und reichte Kruse das Heft.

»Darf ich's denn irgendwann mal zu Ende lesen?«

»Irgendwann einmal, ja. Aber jetzt brauch ich's. Klar?«

»Klar. Und was soll ich nun noch holen?«

»Vergiss es. Sieh zu, dass du nach Hause kommst. Ich ruf' an, wenn wir mit dem Unterricht weitermachen, okay?«

Alina stampfte missmutig und ohne Gruß davon. Kruse hatte einen blauen Rucksack, eine Stange Zigaretten, einen altersschwachen Walkman, die Kopie von Mathildas Kassenbuch und die Abschrift des Briefes dabei, mithin alles, was er benötigte. Der Kampf hatte begonnen. Es war fünf Uhr nachmittags. Kruse suchte eine Telefonzelle, ließ sich von der Auskunft die Nummer der Rechtsanwaltskanzlei in Wittenberg geben. Die Kanzleigehilfin stellte ihn durch.

»Hallo, ich bin in Eile, was gibt's«, knurrte die Stimme seines Schulfreunds.

»Zwei Dinge, die du für mich tun musst. Kannst du das Päckchen öffnen, das bei euch für mich liegt, und mir eine Telefonnummer von Jasper geben.«

»Wieso Jasper?«

»Der Sohn von Mathilda Bebel, der Ethnologe. Ihr müsst doch irgendeine Nummer von ihm haben, wenn ihr Mathildas Nachlass verwaltet.«

Die Nummer fand sich nach wenigen Minuten, die Kanzleigehilfin hatte sie in der Datenbank der Klienten eingespeichert. Es handelte sich um einen Anschluss in Zürich.

»Was ist jetzt mit dem Päckchen?«

Kruses Freund am Telefon verstummte. Er gab der Sekretärin ein Zeichen mit der Hand. Sie sollte das Zimmer verlassen.

»Hallo? Könntest du bitte mal mit mir reden?«

Nach einer längeren Zeit nahm der Anwalt den Hörer in die Hand.

»Es ist, glaube ich, besser, du kommst her. Sofort. Nimm den nächsten Zug und komm in die Kanzlei.«

Sie saßen sich zum zweiten Male innerhalb von vierundzwanzig Stunden gegenüber, einer den anderen musternd. Alles, so schien es Kruse, woran sich zu halten wäre, war Jasper. Wer war der ominöse Briefschreiber, wer hatte seine Wohnung verwüstet auf der Suche nach Mathildas Aufzeichnungen, zu welchem Zweck geschah dies alles und vor allem: Warum jetzt gerade? Wenn jemand ein Interesse haben sollte an dem Fall, warum ist er nicht sofort nach dem Ableben der beiden aktiv geworden, sondern erst, nachdem eine weitere Person, eben Kruse, in die Geschichte involviert war. Dies war also die erste Station des Kampfes. Hier sollte es beginnen. Immerhin gab es Fragen, einen Anfang.

»Was ist mit dem Paket?«, fragte Kruse in die Stille.

»Erzähl mir, was du weißt«, wich der Anwalt aus.

»Nicht mehr als das, was ich dir erzählt habe, als ich dich um den Schlüssel für die Agentur gebeten hatte. Mit Ausnahme dieses Briefchens hier.«

Kruse reichte das anonyme Drohschreiben über den Tisch. Der Anwalt überflog es und legte die Stirn in Falten.

»Gut, fassen wir doch noch mal zusammen, nur damit ich's auch endlich verstehe. Unsere Mathilda unterhielt nach dem Tod ihres Mannes Beziehungen, die ich ganz wertfrei als innig bezeichnen möchte, zu zwei Männern, von denen einer dein Onkel war?«, fragte der Anwalt.

»Mein Gott, das hab' ich dir alles gestern schon erzählt. Ja! Und der andere auf dem Foto ist Eduardo, dieser chilenische Geiger. Den hat es auch Ende der sechziger Jahre hier nach Wittenberg verschlagen.«

»Und die beiden waren am 24. Mai zu Mathildas Geburtstagsfeier mit Essen und Konzert in die Räumlichkeiten der Agentur geladen.« Kruse nickte.

»Und offenkundig sollte dieses Treffen Entscheidungscharakter tragen. Eduardo ist der Erste, der in der Agentur erscheint. Es gab sicher wie immer Kirschlikör. Und dann?«

Kruse überlegte. »Also, den Notierungen ist zu entnehmen, dass Eduardo die Abwesenheit meines Onkels genutzt hatte, um

Mathilda ein Angebot zu unterbreiten. Sein Bruder in Valparaiso, der durch eine Zinkmine zu Geld gekommen war, vermachte ihm testamentarisch ein Haus in den Bergen, mit Blick auf den Pazifik. Eduardo sollte heimkehren und dort einziehen. Eduardo beschwor also Mathilda, mit ihm nach Chile zu gehen.«

»Doch dein Onkel hat ihm die Nummer vermasselt und kam dann doch etwas später zu der Party?«

»Genau, und nach diesem wahrscheinlich etwas freudlosen Beginn verlangte Mathilda nun nach Musik, Beethoven, *Kreutzersonate*. Lucalino sollte den Geiger begleiten.«

Kruse und der Anwalt lachten beide angesichts der bizarren Vorstellung, dass zwei Liebhaber einer älteren Dame, die einander in herzlicher Feindschaft ergeben waren, sich zu einem Konzertduo vereinen mussten.

»Aber als das Konzert beginnen soll, war der Schlüssel für das Klavier nicht aufzutreiben«, fuhr Kruse fort. »Lucalino holt also ein Akkordeon aus seiner Wohnung, um den Programmpunkt Konzert irgendwie zu retten. Hier, sieh dir das Foto an.« Kruse reichte das aufgeschlagene Kassenbuch über den Schreibtisch. Das Akkordeon lag auf dem Tisch, mit Stricken und Resten von Klebeband festgeschnallt. Lucalino saß an der Stirnseite des Tisches in einem Sessel auf einigen Telefonbüchern, um an die Tasten heranzureichen; sichtlich missvergnügt ob des Instruments, des Klanges, der Situation als solcher.

»Ich kapier' nicht, was das soll. Ich meine, sollen sie doch ihr *Kreutzer*-Dings da spielen. Was hat das mit dem Fall zu tun?«

»Schau dir das Bild an. Der Typ im Hintergrund.«

»Wer ist das? Der große Unbekannte?«

»Das ist der Mann aus der Nachbarwohnung.«

»Und was macht der Kerl da?«

»Der hatte die Aufgabe, dem Akkordeon durch Auf- und Zuziehen des Balgs Luft zuzuführen, damit man überhaupt was hört«, antwortete Kruse. »Ist nicht weiter wichtig, aber jetzt kommt's.« Er schlug die nächste Seite des Kassenbuches auf. Die Eintragungen wurden sichtlich kürzer. Aufschluss über das Folgende ergab eine zusammengefaltete Medikamentenschachtel, auch sie säuberlich eingeklebt. Eine Schachtel eines starken rezeptpflichtigen Arzneimittels, das Krebspatienten zur Linderung der letzten Schmerzen verabreicht wurde.

»Mathilda hatte wahrscheinlich die ganze Packung Tabletten in einem Mörser zerstoßen und in einer zweiten Pfanne mit etwas Fischsud angerührt. Die Wirkung auf denjenigen, der dieses Gebräu zu sich nimmt, ist absolut tödlich. Nur wen es trifft, ob Eduardo, den Onkel oder sie selbst, sollte wohl ungewiss bleiben. Die Zuteilung der Teller als ein Gottesurteil.«

»Und wieso landet die Brühe nicht auf mehreren Tellern? Das ist doch Blödsinn!«

»Hier steht etwas von einer weiteren Schüssel mit zerlassener Butter für die anderen.«

»Versteh mich nicht falsch«, begann der Anwalt nach einer längeren Pause zu sinnieren, »aber irgendwie haben die doch nicht alle Latten am Zaun, also alle miteinander, meine ich. Was machen die für ein Drama daraus. Das gibt's doch alle Tage, da bringt man sich doch nicht um deswegen. Höchstens mit siebzehn oder so.«

Der Tag, an dem sich alles entscheidet und die Vergangenheit endet. Kruse ignorierte die Zwischenbemerkung.

»Einen Moment lang, am Ende des Konzerts, war sie wohl einen Moment lang unaufmerksam. Eduardo jedenfalls forderte den Nachbarn zum Bleiben auf, der Fisch würde auch für vier Personen reichen. Er macht sich also in der Küche zu schaffen und kehrt mit vier Tellern zurück.«

»Tja, und Mathilda weiß jetzt nicht, auf welchem Teller die Giftpampe ist.«

»Nur für einen Moment«, antwortete Kruse. »Es traf den bedauernswerten Nachbarn, er krepierte innerhalb von ein paar Minuten. Eduardo hat ihn quasi auf dem Gewissen. Gut immerhin, dass er nicht den Sud auf alle vier Teller verteilt hat. Sonst hätten wir ein Massaker zu bearbeiten. Mathildas musste nun den beiden erklären, was sie ursprünglich vorhatte zu tun. Und dann folgte die hastige Entsorgung der Leiche im Keller. Noch in der Nacht mauerten Lucalino und Eduardo den Toten hinter einem Kohleverschlag ein. Der Geiger besorgte Ziegel aus einer Fabrik, während der Onkel Sand, Kalk und Wasser zusammenrührte.«

»Wie herzig. Erst musizieren sie, dann mauern sie gemeinsam. Was macht man nicht alles für die Weiber. Lass mich raten, Kruse, danach trinken die drei die restlichen Flaschen Kirschlikör aus und hassen sich bis an ihr Lebensende.«

»Ist das nun Schicksal?«

»Eher Blödheit, würd' ich schätzen. Oder ein saudämlicher Zufall. Jedenfalls eine krude Sache. Juristisch nicht ganz einfach zu bewerten. Geht die Geschichte noch weiter?«

»Ja sicher, du Idiot, deshalb bin ich hier. Nur in den Aufzeichnungen von Mathilda steht nichts mehr. Hier ist Schluss.«

Nach einer Pause fragte Kruse: »Kann Vergangenheit enden?«

»Was für eine Vergangenheit?«

»Wüsst' ich auch gerne.«

Sie schwiegen lange.

»Zwei Fragen hätte ich schon noch«, nahm Kruse den Gesprächsfaden wieder auf.

»Seit wann lebte Mathilda in Wittenberg, und hast du irgendeine Information über den Verbleib von Eduardo?«

»Nein, seine Spur verliert sich Mitte der Siebziger. Er hat sich ordnungsgemäß abgemeldet und ist nach Chile ausgereist. Dürfte inzwischen auch verstorben sein, schätze ich mal. Aber zu deiner ersten Frage: Mathilda ist hier geboren. Die Familie hat bis 1934 hier gelebt. Kurz nach Kriegsende ist Mathilda wieder zurückgekommen. Muss noch ein junges Mädchen gewesen sein. Sie und Bebel haben 1947 geheiratet. Jasper ist allerdings erst 1959 geboren, zwölf Jahre später. Ungewöhnlich spät für die damalige Zeit, würde ich sagen.«

»Ist er das einzige Kind?«

»Soweit ich weiß, ja.«

»Und dieser Bebel, woher stammt der?«

»Geboren ist er in Glogau, Schlesien. Der Vater war Rechtsanwalt. Berühmte Kanzlei damals, am Kriegerdenkmal 1.«

»Er war als Soldat in Italien. Hat sich nach Kriegsende den Ermittlungen der Alliierten entzogen und zwei Jahre im Tessin bei einem Bauern gearbeitet.«

»Als Tagelöhner?«

»Kann man so sagen. Gab viele damals, die nicht sofort zurückgekehrt sind. Wollte wohl abwarten, bis Gras über die Sache gewachsen ist.«

»Welche Sache?«

»Weiß nichts Genaues. Man munkelt von irgendwelchen krummen Geschäften in Italien während des Krieges.«

»Wer munkelt wie was?«

»Im Gerichtsarchiv gibt es ein paar Unterlagen. Vor Jahren gab es einen Hinweis an die Staatsanwaltschaft, dass da vielleicht was wäre.«

»Aber Bebel ist doch schon seit vierzig Jahren tot.«

»Deshalb hat es ja auch keine Sau interessiert, außer einem jungen Assessor, der in unserer Kanzlei ausgeholfen hat. Da war aber nichts. Er hatte die ganzen Protokolle von 1947 durchgesehen, aus der Zeit, als die Bebels hier angekommen waren. Nichts. Nur der ganz normale Entnazifizierungskram eben. Muss eine ausgeprägte Form von Heimatliebe gewesen sein, freiwillig in die sowjetische Besatzungszone zurückzukehren. Aber Bebel hat sich schnell arrangiert, ist zwei Monate nach seiner Rückkehr in die Partei eingetreten und hat im Auftrag der russischen Stadtkommandantur sich um kulturelle Belange gekümmert. Sie kamen übrigens zusammen hier an.«

»Mathilda und Bebel? Und woher kannten sie sich?«

»Na, aus Italien, schätze ich. Mathilda hat ihre ganze Jugend dort verbracht. Ich dachte, du wüsstest das.«

»Woher soll ich das denn wissen? Ich hab' die Bebel als Kind gekannt, der Mann war schon lange tot.«

»Ich dachte, durch deinen Onkel. Der war doch auch in Italien.«

»Ja, aber später erst. Der ist in den Siebzigern als Frührentner dahin gezogen.«

Der Anwalt atmete ruckweise, ein leises Pfeifen durch die Nasenlöcher war zu vernehmen. »Also nach dem besagten Fischessen?«

»Hab' ich dir doch erzählt. Lucalino und Eduardo sind im selben Jahr ausgereist. Oder abgehauen. Nenn es, wie du willst.«

»Glaubst du, die haben sich noch mal gesehen danach?«

»Ich kann es nur vermuten, zu beweisen ist da nichts. Mein Gefühl sagt mir, da ist was. Irgendetwas, das wir nicht kennen.«

»Und was willst du jetzt machen? Ein wenig Detektiv spielen? Was ich nicht verstehe, mein Lieber, ist, warum dir der Kram so nahe geht. Es ist dein Onkel, gut. Aber du hast ihn hundert Jahre nicht gesehen. Er existiert doch eigentlich nicht, schon lange nicht mehr.«

»Meine Wohnung wurde verwüstet, ich kriege Drohbriefe.«

»Gibt's noch mehr davon?«

»Nein, aber wenn es erst einmal angefangen hat, wird es, nur weil ich einen auf toten Fisch mache, nicht so schnell wieder vorbei sein.«

»Dann geh zur Polizei. Das ist der einzige Rat, den ich dir geben kann.«

»Und was soll ich denen erzählen, wenn schon du mir nicht einmal glaubst.«

»Vielleicht … vielleicht hast du Recht. Aber noch mal: Was willst du denn eigentlich jetzt tun?«

»Ich will mit Jasper reden. Das ist der einzige Anhaltspunkt. Und ich möchte wissen, was in dem Karton ist.«

Der Anwalt bückte sich hinter seinem Schreibtisch nach unten, um eine Schublade zu öffnen. »Du musst wissen«, sagte er, »die Sekretärin hat das Paket geöffnet. Es war an uns adressiert, und erst auf einem Zettelchen im Inneren war vermerkt, dass es für dich bestimmt ist.« Dann stellte er eine Flasche Schnaps auf den Tisch. »Es gibt geistige Getränke mit Grashalmen darin oder auch mit toten Würmern. Aber das hier ist doch mal was Neues.«

In der Flasche ohne Etikett schwamm: ein Finger. Kein ganzer, nur das oberste Glied, vermutlich des kleinen Fingers.

»Darf ich einschenken?«

»Sei nicht geschmacklos. Woher kommt das Zeug?«

»Na, aus Italien, wie alles Gute in diesen Tagen. Es wurde aus dem Nachlass deines Onkels geliefert. Warum gerade an uns? Warum jetzt? Frag mich nicht.«

»Kein Absender?«

»Doch, die Seniorenverwahranstalt in Trani. Da wo dein Lucalino das Zeitliche gesegnet hatte.«

Lucalinos Hand war verkrüppelt gewesen. Daran erinnerte sich Kruse. Als Kind hatte es ihn gleichermaßen gegruselt und belustigt, wenn der Onkel wilde Scherze damit trieb und so tat, als würde er sich einen Finger ausreißen.

»Ich hätte nicht gedacht, dass er seinen Finger aufbewahrt hat. Uns hat er erzählt, er sei ihm bei einem Zaubertrick mit einem magischen Koffer abhandengekommen und er hätte ihn trotz dreitägiger Suche nicht wiedergefunden.«

»Den Koffer oder den Finger?«

»Blödmann!«

»Aber wieso er? Hatte Lucalino so schmale Hände?«

»Was meinst du damit?«

»Ich bin kein Anatom, aber das scheint mir nicht die Fingerkuppe eines Mannes zu sein.«

»Du meinst, sie stammt von einer Frauenhand? Vielleicht ist sie ja mit den Jahren geschrumpft?«

Der Anwalt öffnete die Flasche und fächelte sich den ausströmenden Geruch in die Nase. »Das ist absolut reiner Alkohol. Da schrumpft nichts.«

Es war, als öffnete sich mit jeder neuen Tür ein Raum mit zwanzig weiteren Türen, und es schien dem absoluten Zufall überlassen, welchen Raum durch welche Tür man als nächstes betrat. Ein Labyrinth ist eine vergleichsweise einfache Herausforderung im Gegensatz zu der Unzahl von Möglichkeiten dieses Falles.

»Vielleicht solltest du ein wenig verreisen und abwarten. Wer weiß, am Ende löst sich der ganze Quatsch von selbst auf.«

»Du meinst, ein, zwei Jahre auf einem Bauernhof im Tessin Schweine füttern?«

»Du hast doch Zeit jetzt und ein bisschen Geld. Weiß wirklich nicht, worauf du wartest. Das ist doch alles in allem ein wenig« – er suchte nach einem passenden Wort – »unappetitlich. Wie geht's eigentlich … Carla?«

Kruse wusste, in der Kanzlei wäre ihm nicht weiter zu helfen gewesen. Alles, was zu erfahren war, hatte er in Erfahrung gebracht. Er rüstete sich zum Gehen. Schon in der Tür, wandte er sich noch einmal um.

»Was kannst du mir über Jasper sagen? Außer, dass er in Zürich lebt und was ich mir allein an Informationen über seine Arbeit zusammenlesen kann.«

»Alles, was ich weiß, ist, dass er ein namhafter Ethnologe ist. Veröffentlichungen in allen bekannten Zeitschriften seines Faches. Es gibt zwei oder drei Reisebücher von ihm. Ziemlich obskure Beschreibungen von Gegenden, in die weder du noch ich noch sonst ein halbwegs vernünftiger Mensch jemals einen Fuß setzen würde.«

»Das weiß ich alles selber«, antwortete Kruse, sichtlich genervt. »Ich meine, was weißt du über ihn, was ich nicht in jeder Buchhandlung oder Bibliothek herausbekommen würde. Du bist Anwalt hier in diesem Kaff seit Jahrzehnten. Du kennst die Leute.

Gib mir irgendwas, zumindest mehr als nur eine Telefonnummer und Klappentexte.«

Gespräche mit Kruse konnten reichlich anstrengend sein. Der hatte Blut geleckt und sich in die Sache verbissen wie ein Bullterrier in ein Stück Menschenbein.

»Ich hab' ihn mal verteidigt vor Jahren. Das war eine spektakuläre Angelegenheit damals. Aus der anthropologischen Abteilung des *National Museum of the Philippines* in Manila fehlten mehrere Totenmasken. Masken eines Naturvolks von der Insel Linacapan. Die liegt zwischen Sulusee und Chinesischem Meer, wenn es dich interessiert. Man nennt die Gegend gerne *last border*. Was immer damit gemeint ist. Jasper hatte wohl Gründe, wissenschaftliche, nehme ich an, diese letzte Grenze mehrfach zu überschreiten. Diese Masken jedenfalls sind komplett erhalten, unersetzlich und wahrscheinlich unbezahlbar. Darüber hinaus wird ihnen eine kultische Verehrung zuteil wie andernorts dem Gral, dem Goldenen Vlies, dem Schweißtuch der Veronika oder was weiß ich. Es heißt, diese Masken initiieren eine Form von Transzendenz. Sie führen die Seelen der Gestorbenen ins Andere. Frag mich nicht, was das bedeuten soll. Jasper hatte sich zeitweise da unten rumgetrieben und monatelang unter abgeschotteten Bergvölkern gelebt. Als Kostgänger dort, wie er meinte, sich von Rotsteißkakadus und gebratenen Tatzen von Binturongs ernährt, wie die Akten besagen. Äh, für den Fall, dass du gerade nicht den exakten zoologischen Begriff parat haben solltest – es handelt sich um einen Marderbär. Und Bärentatzen, das wissen wir seit Karl May, schmecken besonders gut. Jedenfalls hatte er aufgrund seiner Forschungen freien Zugang zu den Effekten des Nationalmuseums. Bis irgendwann auffiel, dass zwei der besagten Masken fehlten. Man hatte sofort Jasper in Verdacht, er wurde noch auf dem Flugplatz verhaftet. Dann saß er ein Vierteljahr in einem Knast, in Puerto Princesa, gut fünfhundert Kilometer außerhalb von Manila. Ich wurde vom Konsulat kontaktiert. Es war Jaspers Wunsch, dass ich ihn verteidige. Eine große Sache damals, wie gesagt. Ich meine, als Anwalt hier hat man mit derartig gelagerten Fällen ja eher selten zu tun. Es hat eine Weile gedauert, sich in so etwas erst einmal einzuarbeiten. Die internationale Rechtslage bei Kunstdiebstahl, Definitionen von Nationaleigentum und so weiter. Feine Sache damals!«

»Sei dir von Herzen gegönnt«, stöhnte Kruse, »wie ging's aus?«

»Das Verfahren wurde eingestellt, weil der Richter gestorben ist. Nix Ungewöhnliches in solchen Ländern.«

»Woran ist er gestorben?«

»Der ist ermordet worden von Angehörigen des Stammes, bei denen Jasper gehaust hatte. Vier Männer. Man hat sie unmittelbar nach der Tat geschnappt. Sie saßen einfach da, sind nicht einmal weggerannt. Ein halbes Jahr später wurden sie hingerichtet. Merkwürdig, was?«

»Und Jasper?«

»Nachdem er entlassen wurde, ist er ausgereist, hat seine Sachen nach Zürich bringen lassen und ist meines Wissens seit der Zeit nicht mehr in Deutschland gewesen. Er schreibt weiter Bücher und hält Vorträge in der ganzen Welt, vornehmlich bei ziemlich obskuren Vereinen und Sekten. Wovon er lebt, ist mir nicht ganz klar. Vielleicht werfen die Tantiemen ja was ab, aber eine Adresse wie die seine lässt sich nicht mit ein paar Reiseführern finanzieren.«

»Was ist mit den Masken?«

»Die sind ein paar Monate später auf einer Auktion bei *Sotheby's* aufgetaucht. Galten ja eigentlich als unverkaufbar. Die Philippinos haben alle diplomatischen Hebel in Bewegung gesetzt, um die Auktion zu verhindern. Ich glaub', sogar der Kultusminister war extra deswegen in London. Hat aber nichts genützt, die Masken sind für 800.000 Pfund über die Bühne gegangen. Natürlich weiß man nicht, an wen. Wenige Wochen später hat ein Erdbeben auf den Philippinen die Region verwüstet, in der die Freunde von Jasper lebten. Niemand aus dem Dorf hat überlebt. Der Mann scheint ein absoluter Glücksbringer zu sein. Bist du sicher, dass du ihn treffen willst?«

»Mich interessieren kein vermeintlicher oder tatsächlicher Kunstdiebstahl und irgendwelche blöden Masken schon gar nicht, sondern der Sohn von Mathilda Bebel. Ich will nix über seine Obsessionen wissen, noch irgendein Geschwafel über abartige Gegenden hören. Ich reise ohnehin nicht gerne. Ich möchte nur in Erfahrung bringen, was zwischen seiner Mutter und meinem Onkel war. Sonst nichts.«

»Vergiss nicht den Geigenmeister und diesen armen Nachbarn! Ich meine, wenn es auf deinem Feldzug der Wahrhaftigkeit etwas nützen sollte, dann kann ich unsere Praktikantin mal in die Spur schicken und sehen, ob sie was über diesen Eduardo herausbekommen kann.«

Alles drehte sich im Kreis. Kruse wusste, dass im Juni 1975, also wenige Tage oder Wochen nach dem ominösen Geburtstag, dem Ausreiseantrag des Onkels stattgegeben wurde. Er reiste nach Italien. Mathilda hingegen hatte all die Jahre weitergelebt in Wittenberg, als sei nichts geschehen. Das Verschwinden des Nachbarn hatte, erstaunlich genug, keine allzu eifrigen polizeilichen Forschungsarbeiten nach sich gezogen. Der Fall geisterte noch geraume Weile durch das Geschwätz der alten Damen im »Café Central« und an den übrigen Nachrichtenbörsen der Stadt. Man munkelte so manches, und der Aspekt einer raffiniert ausgeklügelten Republikflucht war einer der meistgenannten dieser Tage. Und wie alle künstlichen Aufgeregtheiten des Lebens, so verlor auch diese sich ins Nichts, abgelöst von einem nächsten und bald hernachfolgenden übernächsten Nichts. Von Eduardo war bekannt, daran erinnerte sich Kruse, dass er im Spätsommer '75 einen Herzanfall erlitt, und nachdem er die Folgen daran in einer Rehabilitationsklinik in der Dübener Heide kuriert hatte, sich in das von seinem Bruder ererbte Haus nach Valparaíso zurückzog. Seit jenem Herbst verlor sich Eduardos Spur. In Wittenberg jedenfalls hatte nie wieder jemand von ihm gehört.

Kruse verließ die Kanzlei gegen Mitternacht. Es war zu spät, um zum Bahnhof zu gehen. Um diese Zeit fuhr kein Zug mehr nach Halle. Er trottete gedankenversunken durch die menschenleeren Straßen, setzte sich den altersschwachen Walkman auf und lief umher, im Ohr die leichtfüßigen Achtel des Herrn Lipatti. Am Nachmittag hatte es einen Sturm gegeben, ein Baugerüst war eingestürzt, und am Markt war ein offenkundig betrunkener Autofahrer in einen Kosmetiksalon gekracht. Glassplitter lagen überall umher, die geborstene Scheibe war notdürftig mit Spanplatten abgedeckt worden. Und überhaupt war die Welt voller Zeichen. Mitunter schien es Kruse geraten, sie zu übersehen.

»Dass ich vorgebe, an den Dingen wenig Anteil zu nehmen, sollte Sie nicht zu der Vermutung veranlassen, ich würde mich nicht dafür interessieren.«

Jaspers Stimme klang ausgesprochen freundlich und gab Kruse das unbestimmte Gefühl, sein Anruf sei erwartet worden. Kruse hatte das Telefonat mit einem Wortschwall eröffnet, der sich gute drei Minuten lang über Jasper ergoss und den dieser mit einer asiatisch anmutenden Ruhe abwartete, ehe er sich zu einer Antwort bequemte. Nein, er sei keineswegs überrascht und es stelle im Übrigen nicht das geringste Problem dar, dass es erst morgens um halb sieben sei. Zu dieser Zeit seien die Gedanken frisch, der Kopf nicht überquellend von allerlei Tagestand und der Körper auf angenehme Weise noch erschlafft, auf dass der Fluss der Wörter um so freier sich entfalten könne. In der Tat war es wohl eine Zumutung, um diese Zeit anzurufen, aber Jasper ließ sich nichts anmerken.

»Ich bin momentan sehr beschäftigt, um nicht zu sagen, zu beschäftigt, um Zürich zu verlassen, und sei es nur für ein, zwei Tage. Sagen Sie, Herr …«

»Kruse.«

»Kruse, natürlich, verzeihen Sie. Wir sind uns bestimmt schon einmal früher begegnet, wo wir doch aus der gleichen Stadt stammen. Es käme einem Wunder gleich, wenn dem nicht so wäre. Aber sagen Sie, wenn ich Sie bäte, wäre es Ihnen unter Umständen und im Rahmen Ihrer zeitlichen Disposition möglich, hierher zu kommen? Ich bin sicher, die Dinge, die Sie so sehr beschäftigen, ließen sich hier in Zürich etwas entspannter besprechen.«

»Nun ja, freilich«, Kruse murmelte etwas ausgesprochen unentspannt Unverständliches, aus dem das Begriffspaar *Kein* und *Problem* einsam herausragte.

»Ich bin mir wirklich nicht sicher, ob ich Ihnen behilflich sein kann, was, wie gesagt, nicht bedeuten soll, dass ich es nicht versuchen möchte.«

Kruse willigte ein, am nächsten Tag gegen Mittag in Zürich zu sein. Sie hatten ein Restaurant in der Innenstadt als Treffpunkt vereinbart. Schnell, eigentlich viel zu schnell hatte Jasper aufgelegt. Die Art und Weise, wie er Kruses recht verworren dargelegtes Ansinnen auf das Freundlichste, geradezu Selbstverständlichste entgegennahm, musste irritieren. Sie kannten einander tatsächlich nicht, nur dem Namen nach, wie es in einer Stadt von den Ausmaßen Wittenbergs üblich war. Kruse hatte es bei ein paar Andeutungen bezüglich des Verhältnisses von Mathilda zu Lucalino belassen. Den Äußerungen Jaspers war nicht zu entnehmen, ob er irgendetwas darüber wusste, geschweige denn über die dunkle Vergangenheit der beiden. Der Gedanke verfestigte sich, jemand hielt Kruse eine Tür auf, um ihn bewusst in einen neuen Raum gehen zu lassen. Als sie miteinander sprachen, hätte er jedoch nicht zu sagen gewusst, warum. Vielleicht verbarg sich hinter den ominösen Anrufen der letzten Tage gleichfalls Jasper. Auch diese Frage, eine Vermutung mehr, ließ sich weder klären noch beantworten, weder bestätigen noch widerlegen. Kruse frühstückte in einem nahegelegenen Café und vertrieb mittels mehrerer Tassen Bauarbeiter-Kaffees – schwarz, ohne Zucker – die Müdigkeit aus den Knochen. Er hatte kein Auge zugetan, war durch die Stadt gelaufen und hatte die Morgenstunden in einer Hotelbar zugebracht. Nach dem Frühstück rauchte er mehrere Zigaretten, stand auf, zahlte und prüfte im Hinausgehen durch einen kritischen Blick in den Spiegel sein übernächtigtes Äußeres. Die ersten Geschäfte öffneten. Kruse kaufte sich einen Anzug, zwei Hemden, Socken und Unterwäsche. In einem Drogeriemarkt erwarb er ein billiges Duschbad und eine Reisezahnbürste. Das meiste davon hatte er in seinem Rucksack verstaut, als er gegen halb neun das Bahnhofsgebäude betrat und eine Fahrkarte nach Zürich löste. Eine Viertelstunde vor Abfahrt seines Zuges nach Leipzig, ging er noch einmal in eine Telefonzelle und wählte Alinas Nummer.

»Hallo, Alina am Apparat!«

»Wieso bist du nicht in der Schule?«

»Ich bin krank, sozusagen. Guten Morgen, Herr Kruse, was gibt's?«

»Was hast du denn?«

»Nichts Konkretes. Aber eine Menge schlechter Laune. Die möchte ich keinem zumuten heute.«

»Gibt's denn Gründe für deine schlechte Laune?«

»Nö. Ist doch manchmal so. Und bei Frauen im Besonderen. Das sollten Sie doch kennen, Herr Kruse.«

»Ich kenn' wahrscheinlich die falschen Frauen: die mit permanent schlechter Laune. Die nicht im Mindesten daran denken, ihre Umwelt davor ein klein wenig zu bewahren.«

»Klingt ein wenig Carla-phobid, wenn ich das mal so sagen darf. Geht mich ja auch nichts an. Wieso rufen Sie eigentlich an. Gibt's was Neues?«

»Ich fahr' für ein paar Tage fort.«

»Wow! Sind Sie auf der Flucht? Sitzen die Ihnen im Nacken?«

»Wer, die?«

»Na, Ihre Brieffreunde, die Ihnen beim Aufräumen der Wohnung helfen. Na, die eben. Was weiß denn ich, wer die sind.«

Kruse überging die Anspielung.

»Hättest du Lust, etwas für mich rauszukriegen?«

»Klar doch, wenn ich damit Ihr Leben retten kann. Aber wie kann ich Sie denn erreichen. Gibt's einen toten Briefkasten, oder funke ich Sie über Kurzwelle an? Nein! Sagen Sie bloß nichts! Vielleicht werden wir schon abgehört.«

»Jetzt werd nicht albern. Ich fahre gleich nach Zürich und treffe mich morgen mit Jasper, dem Sohn von Mathilda Bebel.«

»Zürich ist gut. Sehr diskret. Und die liefern, glaub' ich, auch nicht aus.«

»Hör mal zu, ich bin kein Verbrecher, klar! ICH muss auch keine Angst vor irgendwem oder irgendwas haben.«

»Schon klar. Und was soll ich nun rauskriegen?«

»Schau doch mal, was du über diesen Jasper so finden kannst. Vor Jahren hat er mal auf den Philippinen eingesessen, irgend so eine Kunstdiebstahl-Sache. Das ist bekannt. Vielleicht bekommst du noch was anderes raus.«

»Wird gemacht, Boss. Soll ich Ihnen am Wochenende die Fußballergebnisse zukommen lassen?«

»Du bist ein Schatz, Moneypenny.«

»Ach James, und komm gesund zurück. Und dann gehen wir richtig schick essen und uns betrinken, ja?«

»Werd erstmal erwachsen! Ich muss los, mein Zug geht gleich. Ach ja, und noch was:«

»Ja???« Sie zog das »a« auf unnachahmliche Weise in die Länge.

»Weil du's schon selbst angesprochen hast. Kannst du Carla anrufen und ihr sagen, dass ich dringend verreist bin? Denk dir was aus, du bist noch jung, da kommt sie nicht gleich auf abwegige Gedanken.«

»Sie haben ja keine Ahnung, wie verrucht ich am Telefon klingen kann, Herr Kruse. Und so jung bin ich nun auch nicht mehr. Viel Glück!«

Die letzten Worte, gleichwohl er Aufmunterung und gute Wünsche durchaus hätte gebrauchen können, hörte Kruse schon nicht mehr. Er hatte aufgelegt und eilte zum Bahnsteig. Kruse setzte sich in das letzte Abteil des letzten Wagens; aufrecht, das Kreuz kerzengerade, ohne sich anzulehnen, die Beine leicht geöffnet, absolut symmetrisch zueinander, die Hände auf den Knien ruhend – so, als würde diese Haltung der Unnahbarkeit und Teilnahmslosigkeit ihn unauffällig machen unter der Horde hereinströmender und lärmstrotzender Schüler, Lehrlinge, Soldaten. Das Gegenteil war der Fall: Ebendie musterten ihn, ihr vielstimmiges, infernalisch-kraftmeierisches Dröhnen nur kurze Augenblicke unterbrechend, mit abschätzigen Blicken. Kruse bemühte sich, sie zu ignorieren. Er wandte den Kopf wenige Zentimeter zum Fenster hin. Eine Landschaft, mit kleinen Hügeln durchsetzt, graugrünen Wiesen, die wie mit Puderzucker vom spärlichen Februarschnee bestäubt waren, mausetote Felder und triste, an ihrer eigenen Hässlichkeit resignierte Tagebaue flogen vorbei – die Landschaft seiner Kindheit. Er sah sie dahinziehen, wie man mitunter und in letzter Zeit immer seltener das Leben dahinziehen sieht; wenngleich man das Leben ja eigentlich niemals dahin- oder vorbeiziehen sieht, sondern nur das Vergangene, Gewesene, das bereits Dahin- oder Vorbeigezogene sich in Wiederholung eines Zeitraffers entrollt. Wer oder was da die Zeit rafft, gar dahinrafft, ob man selbst sich die Zeit, die eigene, wegrafft; und wohin die Zeit entschwindet, nachdem einer, wer auch immer, sie entwendet, gerafft hat wie einen großen Lagerballen Gardinenstoff, der nun, im gerafften Zustand, sich besser verstauen ließ – ach herrje, man muss nicht alles rauskriegen wollen, und besser ist's mitunter, man weiß nicht allzu viel übers Leben. Sei doof, dann hast du mehr Freizeit. Gemessen an dieser letzten Einsicht, war das Zugabteil, in welchem Kruse steif wie in Gips gegossen hockte, ein reiner Ferienpark. Nur schien es niemand zu wissen. Dies ist wohl die Kehrseite der Freiheit, jeder Freiheit. Sie funktioniert nur im unbewussten, quasi vollblöden Zustand, schon ein geringes Nachdenken darüber impliziert die Möglichkeit der Existenz des Gegenteils davon, ist also bereits üble Unfreiheit in erster Erscheinungsform.

Zehn Jahre nun. Seit zehn Jahren verweigerte Kruse sich den Fahrten der Weltgeschichte oder seiner eigenen, was manchmal auf dasselbe hinausläuft. Dass es genau zehn Jahre sind, die sein Onkel nun tot war, kam ihm fast beiläufig in den Sinn. So lange auch war es wohl her, dass er gegenüber einer Frau ernsthaft behaupten konnte, ihr das Herz vor die Füße geworfen zu haben – aus nichtigeren oder größeren Gründen als den unvermeidbaren. Außer einer Woche Pauschalurlaub auf einer griechischen Insel im Sommer und ein paar Tagen Schleswig-Holstein im Winter hatte Kruse die Ferne gemieden. Man erreicht mitunter eine Stufe der Verfeinerung im Leben, von der andere lediglich zu träumen wagen. Ein Traum immer noch ist es, nach New York zu reisen und sich eine Woche lang in einem Hotelzimmer einzuschließen; die ganze Stadt Tag und Nacht zu durchwandern im Kopf. In gute Tücher gehüllt, die Augen hinter teure dunkle Gläser geheftet, auf ironischer Distanz zur Welt. Kruse glaubte immer öfter daran, niemandem mehr etwas schuldig zu sein. Deshalb gab er auch Bettlern nichts. Carla – er hätte es nicht Alina überlassen dürfen, sie anzurufen. Gleichwohl, sie würde es verstehen, irgendwann. Das Leben, eine Ansammlung von Leerstellen. Aber ein Haus, stark und fest und sicher wie Beton. ›Ich lasse niemanden mehr herein, selbst wenn ich es wollte, es käme keiner durch. Bestenfalls nennt man mich kapriziös. Wahrscheinlich wird man mit der Zeit nur etwas wunderlich …‹

Leicht angekränkelten Egos schlief Kruse ein.

II

Kruse hatte etliche Stunden Zeit zu überbrücken und verbrachte diese auf recht fantasielose Weise in einer Cafeteria des Leipziger Hauptbahnhofs. Er trank einige Gläser Wein gegen die Angst, die Müdigkeit und den Durst; im Übrigen rauchte er, draußen vor der Tür, stoisch und verbissen seinen vortags erworbenen Zigarettenvorrat nieder. Er erreichte den City Night Liner nach Zürich zur angegebenen Zeit, legte sich sofort in das ihm zugewiesene Abteil und schlief abermals auf der Stelle ein, nicht ohne jedoch noch einige Takte seines musikalischen Begleitmaterials, jener Bach'schen Partita zu hören. Sehr früh am Morgen weckte ihn der Schaffner mit einer Tasse schlechten Kaffees, und gegen sieben Uhr verließ Kruse, endlich in Zürich angekommen, den Bahnhof. Er suchte sich ein Hotel in der unmittelbaren Umgebung desselben, denn naturgemäß sind dies die billigsten in allen Städten der Welt. Und außerdem hatte er nicht vor, seinen Schweizer Aufenthalt über Gebühr lange auszudehnen. Die frühmorgendliche Stadt atmete wie unter einer Maske oder Glocke. Dass dies vielleicht eine Art Grundvereinbarung, ein Schweizer Urprinzip sei, darüber konnte Kruse zu diesem Zeitpunkt noch nicht nachdenken. Kein unangenehmer Laut, kein störender Geruch, keine unzeitige Betriebsamkeit durchzog die nahezu menschenleeren Straßen. Kruse stellte sein Gepäck in der Rezeption des Hotels ab, das Zimmer war um diese Zeit noch nicht beräumt, er möge sich freundlicherweise bis zur Mittagsstunde gedulden. Gerne hätte er eine Dusche genommen, um den Geruch des Eisenbahn-Schlafabteils loszuwerden – er würde es eben verschieben müssen. Hunger hatte er keinen, wie seit Tagen schon. Mehr aus Gewohnheit also als aus einem wirklichen Bedürfnis heraus suchte er ein um diese Stunde geöffnetes Caféhaus, las ein wenig Zeitung, trank mehrere Tassen Kaffee und rauchte gedankenlos seine Zigaretten. Immerhin schien die Schweiz ein Land zu sein, in welchem man dies weitgehend immer noch ungestört tun durfte.

Die Zeit tat sich schwer zu vergehen, also half Kruse ihr auf die Sprünge, indem er zu einem kleinen Gang durch die Stadt rüstete. Ein steifer Wind kam auf, der das ohnehin zugeknöpfte Wesen der Stadt noch abweisender erscheinen ließ. Nach wenigen Minuten langte er am See an und setzte sich auf eine Bank. Ein paar Enten ließen sich von den trostlosen Wellen treiben, ein paar Segelschiffe im Winterschlaf schunkelten im Takt des Winds. Die Schiffsanlegestelle schien nicht besetzt zu sein, ein Mensch war auch hier nicht anzutreffen. In der Ferne dämmerten ein paar der legendären Hotels im Dunst, aber auch von ihnen waren nur Umrisse erkennbar. Kruse zog sein Notizbuch hervor und hielt das Gesehene mit wenigen Worten fest. Der Wind ließ ihm bald die Finger absterben und die ohnehin schwer leserliche Handschrift als legasthenisches Gekrakel erscheinen. Einige Zeit verbrachte er noch damit, in den auf dem Wasser herumschwirrenden roten Bojen ein System zu erkennen, einen schiffbaren Weg, den sie anzeigen mochten, doch auch dies gelang ihm nicht, und er beschloss, dieses Suchen als eine unnütze Tätigkeit zu begreifen; ein Wissen, das zu späterer Stunde an einem wärmeren Ort Eingang in seine Aufzeichnungen finden sollte. Bojen auf dem Zürichsee haben *kein* System.

Er lief zurück zum Hotel, das Zimmer war frei, und man hatte sein Gepäck bereits hinaufgebracht. Kruse, erschöpft vom Nichtstun, ließ sich aufs Bett fallen. Mühsam entkleidete er sich. Es schien, als erforderten die einfachsten Tätigkeiten eine geradezu unmenschliche Anstrengung von ihm, ohne dass er zu sagen gewusst hätte, was ihn derart schweren Mutes machte. Er schaltete den Fernseher ein, schleppte sich ins Bad und ließ das heiße Wasser laufen, ehe ein weiterer Müdigkeitsanfall ihn zurück ins Bett zwang. Im Schweizer Fernsehen lief eine Reportage über die sogenannten Schwarzen Witwen, die derzeit in Ländern anderer kultureller Orientierung große Konjunktur hatten. Kruse hörte mit einem halben Ohr hin. Aus der geöffneten Badtür war das gleichmäßige Rauschen des Wassers zu vernehmen, und er schlief wiederum ein, zum dritten Male innerhalb der letzten vierundzwanzig Stunden. In einer kurzen alptraumartigen Sequenz erschienen ihm Jasper, von dem er keine konkrete bildliche Vorstellung in der Realität hatte, als auch Mathilda, Lucalino und Eduardo, die er ebenfalls nur von Fotos oder von vor sehr lang zurückliegender Zeit her kannte. Sie waren schwarz gewandet, mit Maschinenpistolen bewaffnet, um den Körper Sprenggürtel geschnallt und brüllten einer Menge auf einem Platz stehender

Menschen Befehle zu, in einer Sprache, die Kruse nicht verstand. Im Innern des Gebäudes, eine Schule oder eine Art Internat, lagen aneinandergefesselte Kinder in Matrosenanzügen. Unter den einstürzenden Mauern des Gebäudes, Folge einer Detonation, sangen sie den alten Pink-Floyd-Heuler: *We don't need no education …* Schweißgebadet erwachte Kruse, er hatte kaum mehr als eine halbe Stunde geschlafen. Das Geräusch aus dem Badezimmer erinnerte ihn daran, dass er ursprünglich duschen wollte, was er nun auch endlich tat. Eine halbe Stunde später verließ er das Hotel auf der Suche nach der »Rheinfelder Bierhalle«, dem vereinbarten Treffpunkt mit Jasper.

Die Uhr zwischen den beiden Tafeln, die verschiedene ›Biere im Offenausschank‹ offerierten, zeigte auf zwölf Uhr dreißig. Kruse saß seit einer Viertelstunde in dem Etablissement und hatte sein erstes Bier fast geleert. Es war ein ausgesprochener Männerort, diese Bierhalle. Lange Holztische erinnerten an ländliche Schankstuben. Darum drapiert schwere, blankgesessene Stühle, auf denen eine komplette Fußballmannschaft hätte Platz nehmen können. Die Speisekarte verwies auf Rustikales der örtlichen Küche. Etliche der zumeist älteren Herren sprachen dem zu. Ein in die Jahre gekommenes Kellnerinnenwesen stellte ungefragt und knallend ein weiteres Bier vor Kruse hin. Alles in allem kein unsympathischer Ort, resümierte Kruse, wenngleich der Gewöhnung bedürftig und mit Sicherheit keine Adresse für erste Rendezvous.

»Ich hätte mir einen anderen Vater gewünscht.«

Kruse hatte, auch dies eine Schwäche, die er zeitlebens nie würde ablegen können, ihn unbeholfen und in Ermangelung einer wertfreien Gesprächseröffnung nach seinen Eltern befragt, ohne aber eine konkrete Absicht zu offenbaren. Manch anderes Gegenüber würde dies als eine unzulässige Aufdringlichkeit empfinden und entsprechend reserviert darauf entgegnen. Nicht so Jasper. Er lächelte.

»Schauen Sie, diese Glühbirne hier über dem Tisch«, er lenkte Kruses Blick in die Höhe, »diese Glühbirne, die hat mein Vater erfunden.«

»Das wusste ich nicht. Was, bitte, ist an dieser Glühbirne so anders als an allen anderen Glühbirnen der Welt?«

Kruse runzelte die Stirn. Jasper lachte schallend.

»Nun ja, verstehen Sie jetzt, was ich meine? Natürlich unterscheidet diese Glühbirne nichts von allen anderen ihrer Art. Haben Sie denn niemals als Kind oder auch später sich ausgemalt, ihr Vater könnte ein anderer sein, ein Erfinder, ein Feldherr, ein Geigenvirtuose, ein Agent im Dienste der englischen Königin?«

Das Wort ›Geigenvirtuose‹ verfehlte bei Kruse seine Wirkung nicht; allein, ob es nur so dahin gesagt, als Beispiel in einer beliebigen Reihe von Aufzählungen dienen sollte oder nicht, er konnte es Jaspers Gesicht nicht anmerken.

»Offen gestanden, nein. Ich war ganz zufrieden mit meinen Eltern. Über das übliche Maß von Unverträglichkeit hinaus jedenfalls habe ich keinen Grund zur Klage. Was hat Sie denn an Ihrem Vater so gestört?«

»Nichts, natürlich nichts. Über das – wie sagten Sie – übliche Maß von Unverträglichkeit hinaus. Naja, sagen wir einmal so: Vielleicht hätte ich mir einen Vater gewünscht, unter dessen Fratze von Altersmilde und Larmoyanz nicht jene beängstigende Ahnung verborgen schien, er sei zu allem Denkbaren, vor allem dem denkbar Üblen und Bösesten fähig. Er hielt, glaube ich, nicht sehr viel von mir. Nun gut, damit muss ein Sohn leben, mitunter. Aber dass er meine Mutter hielt wie eine seltene Papageienart, sie in einer Abhängigkeit von sich beherrschte – als Kind hat es mich erbost. Heute ist es mir nur noch rätselhaft. Habe ich den Begriff des ›üblichen Maßes von Unverträglichkeit‹ hinlänglich beschrieben?«

Jasper wünschte sich einen Vater, vor allem jetzt, da er schon lange tot war, den er hätte eine Zeitlang verachten können – vielleicht nach einer Zeit des Schweigens und Hassens ein einvernehmliches Nicken von ihm erhaltend bei einer sorgfältig geleerten Flasche Bier. Einen Vater, den man, wenn schon nicht lieben, so doch etwas weniger hassen konnte. Jasper hätte gerne einen anderen Vater. Dies setzte sich bei Kruse fest. Es könnte ein Anfang sein. Kruse nutzte den Moment der Wortlosigkeit seines Gegenübers, um ihn eingehender zu mustern. Es wäre eine glatte Untertreibung, ihn als gutaussehend zu bezeichnen. Er sah blendend aus. Ein Mann, Mitte, Ende fünfzig, graumelierter Haaransatz, sehr groß gewachsen, von tadelloser Haltung. Seine Kleidung verriet einen Menschen von äußerstem Stilempfinden, mithin eines Menschen, der so gar nicht in die eher proletarische Umgebung der »Rheinfelder Bierhalle« zu passen schien. Doch selbst in dieser Umgebung bewegte er sich mit jener Form der Nonchalance, die Kruse stets bei anderen bewunderte. Es gäbe wohl kein Parkett der Welt, auf welchem Jasper sich nicht zu bewegen wüsste. Kruse suchte nach Augenblicken der Unaufmerksamkeit Jaspers, nach etwas, das ihn verraten, etwas offenbaren könnte. Doch entweder gab es diese brüchigen Stellen nicht, oder der andere wusste sie umso deutlicher zu verbergen. Das Einzige, was Kruse ein wenig irritierte, war ein Blick, der gelegentlich ins Stechende zu gehen schien. Weniger zu beeindruckende Menschen als er würden von einem aufgesetzten Habitus der Nachdrücklichkeit sprechen. Sein Gegenüber leerte das Bierglas in formvollendeter Haltung und tupfte sich mit der Serviette den Mund ab.

»Aber Sie haben gewiss nicht die weite Reise unternommen, um derart alte Kamellen zu hören. Sehen Sie, mein Vater ist viele Jahre tot, und mitunter erscheint es mir selbst so, als wäre mein Hadern nur eine Art Ersatzbeschäftigung.«

»Ersatz wofür?«

Das erste Mal während des Gesprächs schien Jasper irritiert, so als hätte er die Frage nicht verstanden.

»Ich frage Sie, als Ersatz wofür? Ihre Mutter hingegen erwähnen Sie gar nicht?«

»Ich wüsste nicht, was es dazu zu sagen gäbe, tut mir leid, aber ich fürchte, ich kann Ihnen nicht weiterhelfen.«

»Sie waren nicht bei der Beerdigung Ihrer Mutter.«

»Es gibt Gründe dafür.«

»Es gibt Gründe, die Sie veranlassen, nicht nach Deutschland zurückzukehren. Sind es womöglich dieselben?«

»Sie scheinen gut informiert zu sein.«

Für den Bruchteil einer Sekunde schien Jasper seine Deckung zu verlassen gezwungen zu sein. Ein kurzes Trommeln der Finger auf dem hölzernen Biertisch verriet ihn, dann aber gewann er die Façon wieder.

»Aber um Ihre Frage zu beantworten – nein. Es sind nicht dieselben Gründe. Manchmal möchte man mit einer Sache abschließen und sie in die Katakomben der eigenen Biographie verabschieden, und es müssten schon zwingendere Gründe vorliegen, in eben diese Katakomben hinabzusteigen.«

»Nur damit ich Sie recht verstehe, reden wir jetzt von Ihrer

Mutter oder Ihrem –« Kruse suchte nach einem Wort »– etwas problematischen Verhältnis zur deutschen Justiz?«

»Ich wüsste wirklich nicht, was Sie das angeht.« Jaspers Ton wurde schneidend, und sein Blick nahm wieder dieses Stechende an.

»Verzeihen Sie, ich möchte nicht in Sie dringen und von Ihnen Dinge einfordern, die mir nicht zustehen. Freilich haben Sie Recht, mir bestimmte Dinge vorzuenthalten; Dinge, von denen Sie der Meinung sind, sie gingen mich nichts an. Aber schauen Sie: Ich bin mit einer Sache konfrontiert, die Ihre verstorbene Mutter und meinen ebenfalls verstorbenen Onkel verbindet, und Sie sind der Einzige, der mir helfen kann.«

»Aber wobei soll ich Ihnen denn helfen? Lassen Sie mich raten. Meine Mutter hatte ein Verhältnis mit Ihrem Onkel, habe ich Recht? Nun gut, es wird Ihnen kein Geheimnis sein, da Sie sich doch schon so ausgiebig mit der Biographie meiner Mutter befasst haben, dass sie – sagen wir – freundschaftliche Beziehungen zu Menschen unterhielt, die möglicherweise über das Maß bloßer Freundschaft hinauszugehen scheinen. Ich bitte Sie. Sie war eine Frau in den besten Jahren, eine attraktive Frau, als mein Vater starb, soweit als Sohn mir dieses Urteil gestattet sei. Wenn Ihr Herr Onkel sich in sie verliebt hat, wovon ich ausgehe, was im Übrigen auch keine große Kunstfertigkeit darstellt, dann graben Sie in den Geschichten Ihres Onkels nach. Nein, ich fürchte, ich kann Ihnen nicht behilflich sein.«

»Wussten Sie, dass Mathilda und Lucalino am selben Tag gestorben sind?«

»Wussten Sie, dass ich am selben Tag wie Casanova, Karl der Große und Hans-Christian Andersen geboren bin? Was beweist das? Dass ich das Zeug zu einem großen Imperator von sich nicht erschöpfen wollender Lendenkraft habe und darüber hinaus ein fantastischer Geschichtenerzähler bin?«

Der Tonfall Jaspers gab Kruse das Gefühl, er sei auf dem richtigen Wege.

»Sie haben gemeinschaftlich einen Mord begangen.«

»Was Sie nicht sagen. Hat Ihnen Ihr Onkel das erzählt?«

»Nein, es steht in Aufzeichnungen Mathildas. Ich habe sie …«

Er machte eine Pause, die er für kunstvoll oder wenigstens gelungen hielt.

»… mit einer gewissen Verspätung erst jetzt erhalten. Ich kann Ihnen eine Abschrift davon zukommen lassen.«

Die nun folgende Stille dauerte für den Charakter der Unterredung ungewöhnlich lange. Jasper setzte ein gleichermaßen nichts- wie vielsagendes Lächeln auf.

»Wissen Sie, in meinem Fachgebiet ist so etwas wie ein Mord nicht auf dieselbe Weise stigmatisiert wie das in hiesigen Breiten der Fall ist. Ich habe unter Völkern gelebt, in denen der Mord, oder sagen wir, die Tötung ritueller und vorsätzlicher Art, eine Form gesellschaftlicher Kommunikation und Notwendigkeit ist. Man bittet mit dem zu tötenden Menschen um gute Ernten, um die Genesung des Viehzeugs, um die Potenz eines Familienoberhauptes. Mord und Verkrüppelung, Tod und Wahnsinn liegen enger beieinander, als es Ihnen lieb sein dürfte. Wissen Sie zum Beispiel, was ein Thanbucha ist? In der Vorstellung der Stammesangehörigen der Batak auf der Insel Palawan ist es ein Geist, ein Mythos, wenn Sie so wollen; der gezeugt wird zwischen einem Mann und einem Lustmolch. Er bringt Unglück über die Mutter. Und doch bezeugen Menschen, die ich kennengelernt habe, ihm leibhaftig begegnet zu sein: einem rothäutigen Monster, ohne

Haare und mit Augen wie Feuer. Oder kennen Sie den Putol na Kamay?«

Kruse schüttelte den Kopf.

»Einen Putol na Kamay finden Sie in den Briefkästen der Hütten auf dem Dorf. Freilich ist auch dies eine Chimäre, etwas, an das man glauben muss. Der Name bedeutet übrigens ›abgeschnittene Hand‹. Entschuldigen Sie bitte vielmals, aber diese Art Naturerscheinungen nehmen in meinem Leben einen weitaus größeren Raum ein als Ihre Erzählungen. Und entschuldigen Sie bitte ebenfalls, wenn ich nicht gebührend erschrecke über Ihre Verkündigung. Ich bin sicher, Sie haben eine andere Reaktion von mir erwartet.«

»Mathilda hat aber nicht auf den Philippinen oder in sonst einer fernen Kultur gelebt, sondern in Wittenberg. Mein Gott, Wittenberg! Sie haben dort Ihre Kindheit verbracht. Genau wie ich auch. Wir reden nicht über irgendwelche abgelegenen Gegenden der Erde.«

»Aber darum geht es doch, Herr Kruse. Es ist diese Art der Grenzüberschreitung, die mein Fach mit sich bringt, zwangsläufig mit sich bringt, möchte ich sagen. Glauben Sie mir, ein Kollege von mir ist vor Jahren an einem Pilz gestorben, ein achthundert Jahre alter Pilz, verstehen Sie. Kein normaler Mensch käme auf die Idee, davon zu essen. Aber dieser Kollege hatte seine ganze akademische und schriftstellerische Laufbahn dafür dreingegeben, es zu tun. Er musste es tun. Es sind andere Dinge, die uns zwingen. Dinge, die Ihresgleichen – verstehen Sie mich bitte nicht falsch – nie werden begreifen können.«

»Machen Sie sich nicht lächerlich, Jasper. Ihre Mutter war beteiligt an einem Mord, gemeinsam mit zweien ihrer Liebhaber. Das Mordopfer liegt eingemauert in den Kellergewölben der

Agentur in Wittenberg. Glauben Sie im Ernst, Sie könnten mich mit Ihren blöden Theorien über philippinische Monsterwesen beeindrucken? Oder wollen Sie Ihrer Mutter mithilfe dieser Ammenmärchen eine postmortale Gloriole verschaffen. Glauben Sie, es wird nicht weniger erbärmlich dadurch?«

Zum ersten Mal sah Kruse Jasper auf Normalmaß schwinden. Er hatte ihn getroffen.

»Sie könnten Recht haben. Ganz freiwillig sucht man wohl nie nach den Dingen, die einen irgendwohin treiben. Es sind immer andere Gründe, die uns tun lassen, was wir tun, und wovon wir späterhin glauben, wir taten es aus freien Stücken.«

»Was hat Ihnen Mathilda erzählt über ihre Jugendzeit in Italien?«

»Wissen Sie, das Problem an den Erzählungen meiner Mutter ist, dass man nicht wirklich unterscheiden kann zwischen dem Tatsächlichen, dem Empfundenen und dem schlichtweg Erlogenen. Alle drei Facetten führen oder führten ein völlig gleichberechtigtes Dasein im Gedankenleben Mathildas.«

Es war wiederum das erste Mal, dass Jasper den Namen seiner Mutter aussprach.

»Nennen Sie es meinethalben ein Wahrnehmungs-, Realitäts-Diskontinuum.«

»Und wie äußerte sich dieses Missverhältnis?«

»Wie aus dem Lehrbuch der Psychopathologie. Wenn man Mathilda auf eine offenkundige Ungereimtheit hin ansprach, konnte man sichergehen, dass das Ganze in einer immensen Brüllorgie gipfeln würde, die freilich ebenso schnell in einer Form größter Herzlichkeit und Freundlichkeit aufgehen konnte – in einen Rauch, der sich in Nichts verzog. Mitunter konnte sie erzählen wie von einem Dämon angepeitscht, der ihr befahl, alles, auch die letzten Intimitäten, preiszugeben; mitunter verfiel sie in eine Depression, einen sprachvergessenen Dämmerschlaf, aus dem sie tagelang nicht erwachte. Sie verstehen, ich bin, was die Auskünfte meiner Mutter anbelangt, zu einer Art von Vorsicht gelangt – rein aus der Erfahrung heraus. Deshalb möchte ich auch Ihnen zu einer gewissen Gelassenheit raten, Kruse. Nehmen Sie nicht alles für bare Münze, was vermeintliche Mitteilungen meiner Mutter anbelangt. Sie hatte ihre eigene Welt: Räume, die andere nicht betreten konnten.«

»Und die Sie auch heute nicht betreten wollen, jetzt, Jahre nach ihrem Tod?«

»Wo denken Sie hin. Was glaubt man denn da zu finden? Da ist nichts. Diese Welt existiert nicht mehr. Mit ihrem Tod ist auch diese Welt implodiert. In den hinterlassenen Räumen finden Sie nichts als tote Fliegen.«

»Hatte Sie Angst?«

»Angst wovor?«

»Keine Ahnung. Angst vor dem Tod zum Beispiel.«

»Nicht, dass ich wüsste. Nein. Sie führte einen recht koketten Umgang mit dem Tod. Ich glaube, ihr war bewusst, dass der Tod die Quintessenz für eine bestimmte zu erreichende Anzahl von Geschichten ist, die Summe des Lebens. Wann dieser Zeitpunkt gekommen ist – niemand weiß es. Auch sie wusste es nicht. Ich glaube, sie war selbst erstaunt, wie lange sie gelebt hat.«

»Was meinen Sie mit kokett?«

»Ich meine mich zu erinnern, dass sie schon in früheren Jahren, ich war noch ein Kind, einen recht entspannten Umgang pflegte mit dem …«

»Suizid?«

»Wenn Sie so wollen. Ich glaube, sie wollte sich nicht auf einen imaginären Transferdienst des Sensenmannes verlassen, der irgendwann, im Zweifelsfalle zur Unzeit, vor der Haustür wartet und einen abholen will. Sie wollte zu einem Zeitpunkt sterben, den sie selbst bestimmen konnte.«

»Sie ist in der Neujahrsnacht gestorben. Genau wie Lucalino.«

»Ich bedauere, aber ich muss Sie leider jetzt verlassen. Ich habe zwingende Termine in der Stadt.«

»Warum erreichen mich die Sachen erst jetzt?«

»Ich höre, die Post in Italien ist mitunter recht langsam.«

Beide wussten um die Erbärmlichkeit dieser Antwort und zogen es vor, nicht weiter darauf einzugehen.

»Eine Frage noch, Jasper. Was war mit Mathildas Hand?«

»Ich verstehe Sie nicht recht.«

»Fehlte ihr ein Finger, beziehungsweise ein Teil des Fingers?«

»Es ist Ihnen Ernst, was?«

Jasper warf Kruse einen Blick zu, der mit stechend nur unzureichend beschrieben wäre. Er durchbohrte Kruse damit, aber nicht, um ihn zu vernichten, mehr, so schien es, um ihn zu prüfen. Kruse gab sich alle erdenkliche Mühe, diesem Blick standzuhalten. Es kostete ihn eine große Anstrengung, die größte des Tages überhaupt.

»Wenn Sie etwas Zeit haben, Kruse«, begann Jasper nach einer längeren Weile, »gehen Sie ein paar Schritte die Straße hinauf und biegen an der nächsten Ecke links ab. Sie finden im hinteren Teil der Buchhandlung einen Band. Ich war so frei, ihn auf Ihren Namen zurücklegen zu lassen. Treffen Sie mich morgen um dieselbe Zeit im ›Kunsthaus‹. Auf Wiedersehen.«

Jasper wandte sich um und ging in vorzüglicher Haltung aus dem Lokal. Kruse saß vor dem schal gewordenen Rest seines Bieres. Die Kellnerin räumte das Glas ab, sobald Jasper die »Rheinfelder Bierhalle« verlassen hatte. Kruse sah sich einem Blick gegenüber, der zu fragen schien, was er denn jetzt noch hier zu suchen hatte.

»Zahlen, bitte«, murmelte er verlegen.

»Ist schon geschehen.«

Kruse hätte schwören mögen, dass Jasper, ohne die Rechnung zu begleichen, den Raum verlassen hatte. Aber es war müßig, darüber nachzudenken. Auf angenehme Weise von der klaren Winterluft erfrischt, lief er, wie ihm aufgetragen, die Straßen zu besagter Buchhandlung hinauf.

Die Buchhandlung »Caligramme« wirkte wie ein letztverbliebener Ort wider die Verblödung der Menschheit, ein apokalyptisches Anwesen, ein Hort gesammelten Weltwissens, in Bücherstapeln aufeinandergehäuft; weiße Regale, und selbst die Zwischenräume zwischen Buchkante und dem nächsthöheren Regalbrett waren vollgestellt, vollgepresst mit Büchern. Die Wege zwischen den Regalen glichen eher Trampelpfaden, verminten Feldern, ein Fehltritt genügte, um eine aufschreiende Seele der Weltliteratur zu vernehmen, weil man sie mit Füßen malträtiert hatte, so derart voll schien dieser Platz, dass kaum mehr als fünf Leute sich gleichzeitig auf ihm sich bewegen konnten. Kruse war allein, als er das Geschäft betrat. Eine ältere Dame begrüßte ihn mit vornehmer Zurückhaltung, nannte ihn jedoch beim Namen. »Guten Tag, Herr Kruse, schauen Sie sich nur um. Ich hole derweilen Ihr Buch.« Und verschwand diskret im hinteren Teil des Ladens. Kruse sah ihr nach und bemerkte, dass ein beinahe gleich großer Raum sich im hinteren Teil anschloss, in welchem ausschließlich Bildbände und philosophische Literatur aufbewahrt wurden. Wie um die Zeit nicht nutzlos verstreichen zu lassen, mehr aber aus Verlegenheit griff er nach einem Exemplar des Melville'schen »Bartleby« und blätterte darin. *Ich möchte lieber nicht*, schrie es ihn auf nahezu jeder Seite an, jene legendären Worte des Schreibers Bartleby. Ein Vermächtnis, eine Philosophie, von ihrem Anfang bis zu ihrem Ende gedacht, eine Geschichte der Welt. Kruse wollte, dies wusste er in diesem Augenblick, *lieber nicht*. Die ältere Dame kehrte zurück und überreichte Kruse einen schweren Band. Es war nicht zu ersehen, worum es sich handelte, sie hatte das Buch bereits in Papier eingeschlagen.

»Was bin ich Ihnen schuldig?«

»Nichts. Es ist bereits bezahlt«, antwortete die Dame.

»Dann darf ich wenigstens dieses Buch bei Ihnen erwerben.«

Kruse hielt den Melville in die Luft. Die Dame lachte kurz auf. »Freilich, ›Bartleby‹, ja, ein schönes Stück.« Sie nannte ihm einen Preis, für den man zu früherer Zeit Gesamtausgaben erstanden hatte. Kruse entrichtete ihn anstandslos.

Er ging, die beiden Erwerbungen unter den Arm geklemmt, die wenigen Schritte zurück zu seinem Hotel. In seinem Zimmer angekommen, riss er das Papier ab, mit welchem das von Jasper bestellte, bezahlte und ihm, Kruse, zugedachte Buch eingeschlagen war. Es handelte sich um einen Bildband des amerikanischen Abstrakten Cy Twombly. Grafittiartige opulente Kritzeleien grinsten Kruse von jeder Seite an, meist mit mythologischen Sequenzen betitelt. Manches kannte Kruse, das meiste nicht. Auf einer Seite verharrte Kruse längere Zeit. Ein maschinengeschriebenes Blatt war dort eingefügt worden. Das Bild zeigte eine Art

Maske, den Verkleidungen des amerikanischen Ku Klux Klans nicht unähnlich, blutig rot der obere, spitz zulaufende Teil, mit flüchtigen Schlieren konturiert der Rest.

Als wenn die Hand verkrüppelt, behindert wäre. Sie schleift, lässt schleifen, verschmiert den Rest. Nichts ist zu interpretieren darin, nichts zu begreifen. Die Hand schleift und scheint dennoch zu schweben. Eine Geste vielleicht, eine Gebärde, nur keiner, der sie entziffern, lesen kann. Blutend rot die Spitze. Wie ein Nadelstich, der das Ganze durchbohrt, und von irgendwoher strömt eine Flüssigkeit aus, die den Rest des Bildes zu überschwemmen droht. Das Werk eines Chirurgen vielleicht, oder eines Metzgers, oder doch besser eines Chirurgen, Metzger haben nicht so feine Instrumente. Ansonsten Striche, Striche, Striche. Freilich nicht ohne Ordnung, ohne Sinn. Jedoch ein Sinn, der uns verborgen bleibt. Wie die Malereien des Orients, jene Ornamentik, die fasziniert und verstört zugleich, weil sie nicht stofflich, nicht fassbar für unsereinen ist. Striche der Raserei, der unerhörten Aggression. Bei Lichte besehen, eine Kritzelei wie auf einem Pissoir. Viel Luft darin. Oder wie die Häuser in Italien, nur wenige Möbel, auch sie meist unter weißen Laken gegen die Sonne geschützt. Unbevölkerte Räume, mögen andere es füllen, mag der Geist es füllen. Es lässt Platz. Ein höfliches Bild.

Kruse las die Notiz mehrere Male. Und dennoch war ihm nicht erklärlich, was der Schreiber, offenkundig Jasper, damit wollte. Damit wollte, dass Kruse das Bild sah, sich eine Vorstellung davon machte. »Die Rache des Achill«. Kruse schlug den Band zu. Es war Abend geworden. Ein wenig zuviel war auf ihn eingestürzt heute, Dinge, über die, ließe man ihm die Zeit, er eine längere Weile hätte nachdenken müssen. *Ich möchte lieber nicht.* Er griff zum Telefon und wählte Alinas Nummer. Es war besetzt.

Kruse versuchte es ein zweites Mal, als es klopfte. Er legte auf. »Ja, bitte?« Ein Angestellter des Hotels stand in der Tür mit einer Flasche Champagner und einem Glas.

»Eine Aufmerksamkeit des Hauses.«

»Sagen Sie mal, ist das üblich bei Ihnen, ich meine, bei Häusern einer Kategorie wie der Ihrigen?«

»Wie meinen der Herr?«

»Ich habe es noch niemals in einem Bahnhofshotel erlebt, und glauben Sie mir, ich kenne deren etliche, dass einem eine Flasche Champagner aufs Zimmer serviert wird – als Aufmerksamkeit des Hauses, wie Sie meinten.«

»Sie sind hier in der Schweiz, Monsieur. Vielleicht kennen Sie die Schweiz noch nicht gut genug.«

Kruse hielt das Reden des seltsamen Flaschengeistes für eine schwachbrüstige Ausrede, was ihn jedoch nicht hinderte, das fällige Trinkgeld dem distinguiert wartenden Jungen in die Hand zu drücken. Der bedankte sich artig und verschloss die Tür von außen. Kruse hatte kaum die Flasche geöffnet und sich ein Glas eingeschenkt, als das Telefon läutete. Die Rezeption teilte ihm mit, dass er unten in der etwas großspurig Lobby geheißenen Eingangsstube erwartet würde. Kruse konnte nicht mehr fragen, wer ihn denn erwarte, der Mann an der Rezeption hatte sich bereits verabschiedet.

Leicht genervt zog Kruse sich die Schuhe an, nahm Zimmerschlüssel und Zigaretten mit sich, um nach unten zu gehen. Vielleicht war es Jasper, der ihm noch etwas mitzuteilen hatte oder die morgige Verabredung nicht einhalten konnte. Kruse schloss die Zimmertür ab und ging den schmalen Flur entlang zum Fahrstuhl. Neben der Tür des Lifts stand eine junge Frau. Kruse grüßte flüchtig und versuchte, an ihr vorbeizukommen. Er betätigte den Schalter, der den Lift rief.

»Geh nicht runter.«

Kruse starrte sie an. Ihre Gesichter waren kaum mehr als zwanzig Zentimeter voneinander entfernt.

»Ich werde erwartet.« Er hielt das für eine plausible Erklärung.

»Geh nicht runter, bitte.«

Nahezu tonlos wiederholte die Stimme der jungen Frau die Worte, nur eben um ein nachdrückliches »bitte« erweitert.

»Und warum, wenn ich fragen…«

Weiter kam er nicht. Die Frau, im Halbdunkel des Hotelflurs konnte er nur wenig von ihr erkennen, legte ihre Hände um seinen Nacken und zog seinen Kopf zu sich heran. Ihre Münder berührten sich. Kruse, der naturgemäß nicht wusste, was mit ihm geschah und zu welchem Zweck, war augenblicks in einen Zustand nervöser Erregung versetzt. Ihre Haare strömten den intensiven Geruch von feuchtem Laub aus. Er mochte das an Carla, wenn sie aus dem Bad kam und sich die Haare gewaschen hatte. Selten begehrte er sie mehr als in solchen Augenblicken. Die Frau öffnete mit der Zunge seinen Mund. Ihre Hände rissen sein Hemd aus der Hose, mit den Fingernägeln grub sie sich in seinen Rücken. Kruse drückte seinen Unterleib gegen den der jungen Frau. Er hörte ihr Herz schlagen. Das gab ihm das beruhigende Gefühl, nicht einer professionellen Liebesdienerin auf den Leim zu gehen. Seine Hände griffen nach der Frau, wie von einem anderen gelenkt; einem, mit dem Kruse nichts wirklich gemein hatte, oder einem, dem er in solchen Fällen die Steuerung des Körpers überließ. Sie öffnete seine Hose. Dies alles geschah innerhalb weniger Augenblicke und mitten auf dem Flur. Die Frau ließ von ihm ab, nahm seine Hand und zog ihn ein paar Schritte weiter. An der zweiten Tür blieb sie stehen und suchte nach einem Schlüssel in ihrer Handtasche. Kruses verwirrter Verstand verhinderte, eine der obligaten und in solchen Fällen des Überwältigtwerdens angebrachten Fragen zu stellen. Stattdessen zog ihn die unbekannte Frau, Kruse konnte noch immer nur Umrisse von ihr erkennen, Umrisse freilich, die ihm nicht unsympathisch erschienen, ins Innere des Zimmers. Eine Tischlampe war eingeschaltet und beleuchtete den karg möblierten Raum mit der gebotenen Diskretion. Die Tür des Badezimmers ging auf, und herein trat eine zweite Dame. Kruse drehte sich um und sah seiner Fahrstuhl-Bekanntschaft zum ersten Male bei Licht ins Gesicht. Es war Zeit, ein Wort ernsthafter Art zu sprechen. Kruse ließ es bleiben. Die beiden entkleideten ihn mit großer Vorsicht, die ihn jetzt doch daran denken ließen, es hier mit eher berufsmäßigen Vertreterinnen der Weltweiblichkeit zu tun zu haben. Um die Verwirrung vollkommen zu machen, löschte die Hinzugekommene das Licht. Der Raum war in ein unschuldiges Dunkel gehüllt, eine Art Nacht, die jede Frage zu ersticken schien. Während der ganzen Prozedur fiel kein Wort. Kruse fühlte sich wie von einem schweren Wein berauscht oder einem langsam wirkenden Gift betäubt. Er ließ geschehen, was die beiden vorhatten zu tun. Und dies waren zu seiner Überraschung andere Dinge, als er erwartet hatte, wenngleich er nicht wirklich hätte sagen können, was er denn erwartete. Wie ein vielarmiger Krake überfiel es ihn. Die Dunkelheit machte es unmöglich, die Zugehörigkeit von Händen, Mündern, Brüsten zu verorten. Ihm strichen Finger übers Gesicht, die zu einem Arm gehörten, doch als er das Ende jenes Arms zu erreichen suchte, landete seine Hand auf den Schenkeln eines anderen Körpers. So erging es ihm ein ums andere Mal. Sein Mund suchte den der anderen, gleich, welche es war. Immer fand er anderes, als er glaubte zu finden. Zu sehr genoss er diese endlosen oktopushaften Entäußerungen des körperlichen Alphabets. Irgendwann erschlafften die Leiber aneinander. Er musste in der Zwischenzeit gekommen sein, hatte es aber nicht bemerkt in der Hitze. Eine wohlige Wärme durchflutete seinen Körper, in beiden Händen hielt er einen Frauenkörper, der sich an ihn schmiegte wie eine einzige Geliebte. Zwei Hydraköpfe lagen an seiner Schulter, je eine Hand von rechts und links umfasste seine Brust. Eine letzte Welle der Begierde schlug gegen die Mauern seiner Sinne, dann spürte Kruse den Geist des Schlafes durch seine Adern rinnen.

Er erwachte am Morgen und scheute sich, die Augen aufzuschlagen. Er erinnerte sich, auf dem Weg nach unten gewesen zu sein, weil die Rezeption ihm mitteilte, man würde dort auf ihn warten. Vorsichtig öffnete Kruse die Augen. Es ließ sich nicht behaupten, dass nichts auf die Begebenheiten der letzten Nacht hindeuten würde. Es hatte also alles so stattgefunden, wie er es erinnerte. Wie zum Beweis des tatsächlich Stattgehabten fanden sich Spuren seiner zwei Begleiterinnen im Zimmer, ein Schlüssel, ein Kamm, selbst ein liegengelassener Büstenhalter. Nur die beiden Damen waren schon aufgestanden, hatten das Zimmer bereits verlassen. Auf einem Stuhl lagen Kruses Sachen. Sein Hemd war gebügelt worden, die Hose war akkurat zusammengelegt, selbst die Schuhe waren geputzt. Jedenfalls kam es Kruse so vor. Er war wie benommen, schaute auf die Uhr. Es war viertel vor zehn. Mit etwas Glück bekam er unten noch etwas zu essen. Leicht schwankenden Schritts ging er zum Fahrstuhl, fuhr hinab und versuchte, sich nichts anmerken zu lassen. Selbstverständlich waren seine beiden Begleiterinnen nicht im Frühstücksraum anzutreffen, und auch der Portier hatte über Nacht gewechselt, so dass Kruse keine Fragen zu gewärtigen hatte, warum er seinen Besucher hatte warten lassen. Nachdem er ausgiebig gefrühstückt hatte, fragte er beiläufig nach dem Zimmer der beiden Damen. Nein, es sei nicht besetzt, und überhaupt, um diese Zeit sei das Hotel nicht ausgebucht, beschied ihm der Portier. Ahnungsvoll nahm Kruse den Weg zu seinem Zimmer, das er bereits längere Zeit nicht mehr betreten hatte. Es fand sich alles am selben Ort, gerade so, wie er es verlassen hatte. Mit einer Ausnahme. Sein Heft der Aufzeichnungen des unnützen Wissens, samt der Abschrift von Mathildas Schilderung jener Nacht, war verschwunden. Kruse durchwühlte wieder und wieder seinen Rucksack, schon wissend, dies war umsonst. Man hatte ihn bestohlen. Kein angenehmes Gefühl, befand er, in einem Zürcher Hotel ausgeraubt zu werden. Selbst schuld, antwortete ihm eine andere Stimme; jene Stimme, die zu ihm gehörte; jene, die heute Nacht die Oberhand über ihn gewonnen hatte. Allzu durchsichtig erschien im Nachhinein, was ihm widerfahren ist.

Kruse verließ das Hotel, um sich zum »Kunsthaus« zu begeben. Er hatte noch ein wenig Zeit. Ein Mann sprach ihn auf der Straße an.

»Hätten Sie Lust, mir etwas zu verkaufen?«

Die Lippen des Unbekannten zuckten nervös. Seine Hände krampften sich an Kruses Jacke fest. Kruse beschloss, fortan jeden Menschen, der ihm begegnen sollte, eingehender zu mustern. Es war ohne Frage, was der andere zu kaufen begehrte. Ruckartig riss er sich los.

»Leck mich am Arsch, Dussel.«

Zumindest kann man nicht behaupten, die Nacht wäre ohne Folgen auf die psychische Stabilität Kruses geblieben. Wortlos ließ er den andern stehen und ging auf direktem Weg zum »Kunsthaus«.

Sie standen vor der »Rache des Achill« von Cy Twombly.

»Sagen Sie mir, was Sie sehen, Kruse.«

»Einen müden Krieger. Einer, der sagt, *ich möchte lieber nicht*.«

»Und eine Geschichte von Freundschaft«, meinte Jasper, »derer von Achill zu Patroklos.«

»Vielleicht ist Patroklos ein Idiot, weil er die Rüstung des Achill überstreift und allein in den Kampf zieht. Ein Fehler, weil schnell klar wird, wer hinter dem Faschingsaufputz sich verbirgt. Und so hat er keine Chance in dem Kampf.«

»Nun ja, vielleicht, aber Apollo hat ihn ja auch bei den Trojanern verpfiffen«, wandte Kruse ein.

»Stellen Sie sich einen Schrei vor, versuchen Sie ihn zu hören, diesen Schrei, den Achill ausstößt, als er ohne Waffen zum Kampfplatz eilt, um den toten Freund zu sehen. Ein Schrei, bis Blut und kleine Knochen kommen. Ein Schrei, nach dessen Anhören die Trojaner flüchten wie die Hasen im Gewitter.«

»Und Achill nimmt sich Waffen und marschiert allein auf Troja zu. Prügelt sich ein wenig mit Aeneas.«

»Fallobst!« Jasper vollführte eine vernichtend-wegwerfende Geste. »Der Gegner heißt Hektor. Ein Kampf unter Gleichen. Wie Foreman gegen Ali in Zaïre. Und Zeus, der alte Nichtskönner und Weiberheld, mag sich nicht entscheiden, wem er den Sieg zusprechen will. Nimmt die Waage, und weil die Hand zittert, vom Suff, den Ausschweifungen oder weil er Parkinson hat, neigt sich die Seite Hektors gen Hades. Er stirbt.«

»Nun gut. So weit.«

»Aber nicht genug. Nicht für Achill. Er bindet Hektors Leiche an den Wagen und fährt damit um die Mauern Trojas herum, zum Hohne der Trojaner.«

»Oder zu ihrer Warnung.«

»Sehen Sie dieses blutige A? Es ist die Schleifspur, das Toben, die Raserei eines Wahnsinnigen. Wer nicht vor Angst beginnt zu schlottern vor diesem Bild, dem ist nicht zu helfen. Sehen Sie diese gewaltigen Blutschlieren? Jeder Strich wie mit dem Skalpell übers Gesicht gezogen.«

»Da bleibt wohl nur ein Haufen blutiger Matsch übrig.«

Sie lachten ein bitteres, einvernehmliches Lachen mit einer Spur zuviel Dreck und Aufgesetztheit im Ton.

»Ich hatte übrigens vor Jahren durchaus Sympathien für jene somalischen Rebellen, die die Leiche eines GIs nackt durch Mogadischu geschleift haben.«

»Vielleicht ein wenig barbarisch für unsere empfindsamen Seelen«, setzte Jasper fort, »aber die Rache braucht starke Bilder. Rein ikonographisch ist dem Rebellenführer Aidid ein durchaus hoher Sachverstand zuzutrauen. Sie können dieses Bild nicht sehen, sie müssen es lesen. Ein paar Striche, ein wenig Farbe. Ein Tempo, das Sie nirgends sonst finden werden. Man kann es nicht fotografieren oder verstehen. Man muss es erfahren. Die Rache lebt aus Erinnerung und Imagination. Und sie ist alt. Alt wie der Mythos selbst.«

»So blutig wie dieses aufragende, tödliche ›A‹. Warum erzählen Sie mir das eigentlich?«

»Ziehen Sie selbst Ihre Schlüsse draus. Ich fürchte, Sie werden es brauchen. Wenn Sie gestatten, lasse ich Sie allein. Vielleicht darf ich Ihnen die Bilder gegenüber empfehlen. Twomblys

›Goethe in Italien‹-Zyklus. Machen Sie damit, was Sie wollen. Aber es sollte Sie auf einen Gedanken bringen.«

»Italien.«

Jasper verschwand lautlos, so lautlos, wie er urplötzlich erschienen war. Kruse setzte sich auf die Holztreppen des neuen Anbaus des Zürcher »Kunsthauses« und nahm jene bekannte Haltung an – eine aufs Äußerste an Symmetrie und Exaktheit ausgerichtete Haltung, von der man vermuten kann, dass er dieser bedurfte, um eine Konzentration zu schaffen; eine Konzentration, die ihm ohne die völlige Eineisung seiner selbst nicht möglich wäre. Ein paar verstreute Besucher schritten an ihm vorüber; gut möglich, sie betrachteten ihn mit einem Ausdruck, den man den Kunstwerken des Raumes zueignet, denn ein wenig erinnerte das statuenhafte Sitzen Kruses, das Ausblenden jeder Außenwelt, an eine Plastik. Einen Sinn zu ziehen aus den Erzählungen, Andeutungen, den mehr oder minder versteckten Botschaften Jaspers – es erwies sich als weitaus schwerer, als ursprünglich gedacht. Hatte Kruse geglaubt, es würde reichen, sich auf die Spuren Mathildas und Lucalinos, vielleicht noch Eduardos zu begeben, so musste er nun eine weitere Person, den alten Bebel, ins Kalkül seiner Suche aufnehmen. »Ich hätte mir einen anderen Vater gewünscht.« *Hätte* oder *hatte*? Freilich, gesagt war: *hätte.* Aber war dies auch gemeint, wie es gesagt und von Kruse verstanden worden war? Wenig zu interessieren schien Jasper das Schicksal des bemitleidenswerten Nachbarn. Auch dies eine weitere Unbekannte in der Gleichung der Bebel'schen Familiengeschichte. Möglich schien, dass es sich bei dem Nachbarn nur um eine tragische Figur handelte, einen zur Unzeit den Weg kreuzenden Passanten. Manch Unglücksfall offenbart schließlich seine Tragik aus jenen Zufällen, die Menschen aus nichtigen Gründen ins Verderben oder den Tod führen, weil sie eben gerade am Ort waren. Das Schicksal gibt sich selten, außer in griechischen Tragödien, heroisch, meist nachgerade banal und bösartig, ein schwarzes Würfelspiel. Kruse wandte den Kopf zur Seite und starrte auf das blutig zuckende, hoch aufgerichtete »A«, das Fanal der Rache, dann wieder auf die nebenan gehängten Italien-Bilder. Graugrüne Schlieren in vielfältiger Variation. Handschriften verbrannter Wiesen, erkalteter Lavaströme und aus dem Ruder gelaufener Herzkurven; Übermalungen, Überkritzelungen, durch die nervöse Strichhaftigkeit das Eigentliche, darunter Liegende vielleicht erst erhellend, sichtbar machend. Die Rache. Ein Sinn freilich war zu erkennen, nicht durch das, was Jasper sagte, sondern durch das, was er verschwieg. Wer rächte sich an wem oder hatte Grund es zu tun. Jasper an seinen Eltern durch Teilnahmslosigkeit an deren Lebensverwerfungen; Mathilda an Lucalino, an Eduardo, an Bebel? Oder hatte jeder der Beteiligten einen Anlass, am anderen sich zu rächen? Ein Vorhang hinter Vorhängen. Was, wenn dem Ganzen eine Art Urgeschichte zugrunde läge; etwas, das vor dem fünfzigsten Geburtstag Mathildas sich abgespielt hatte. Sicher war lediglich, dies konnte Kruse anhand der Informationen und schattenhaften Andeutungen mit Bestimmtheit sagen, dass der Schlüssel dafür in Italien zu finden wäre. Die Ereignisse an Mathildas Geburtstag mochten das Satyr-Spiel, die ewige Wiederkehr alles Tragischen als Farce darstellen. Ein Gewirr von Linien entrollte sich mit der immensen Geschwindigkeit eines vor- und zurückspulenden Films vor Kruses innerem Auge, nicht unähnlich den um ihn herum gehängten Bildern. Wie von einem lautlos sich anschleichenden Insekt urplötzlich gestochen, schrie Kruse auf, schnellte hoch und rannte die zwei

Stockwerke nach unten in die Eingangshalle. Doch dort war niemand. Am Postkartenstand wechselte er ein paar Münzen zum Telefonieren. Im Garderobenraum fand er einen Fernsprechapparat. Er wählte Alinas Nummer.

Alina saß am Küchentisch ihrer Eltern und kritzelte kleine, mit Pfeilen durchbohrte Herzchen auf einen Notizblock. Sie ließ das Telefon mehrere Male läuten, um nicht erkennen zu lassen, dass sie seit Stunden auf einen Anruf wartete. Mit gespielter Langmut hob sie ab und sagte:

»Hallo …«. Dabei zog sie das »o« in eine fast obszöne Länge.

»Ich bin's, hallo.«

»Ach … was gibt's denn Neues, Herr Kruse? Hatten Sie eine gute Reise?«

»Davon erzähl' ich dir später einmal.«

»Ich weiß, wenn ich mal groß bin.«

»Vielleicht auch schon eher, mal sehen. Aber weswegen ich anrufe, ist …«

»Jaja, Sie möchten wissen, ob ich fleißig meine Hausaufgaben erledigt und Ihre Aufträge ausgeführt habe.«

»Genau. Nebenbei, gehst du eigentlich wieder zur Schule?«

»Davon erzähl' ich Ihnen später mal. Vielleicht. Wenn Sie erwachsen sind. Im Übrigen können Sie sich, glaub' ich, bald eine neue Freundin suchen.«

»Carla?«

»Sie tobt! Toben ist vielleicht nicht der richtige Ausdruck. Das hat schon was von mittelalterlichem Hexenwahn. Ich bin ja weiß Gott ein genügsamer Mensch, aber wäre ich nur die Spur nachtragend, ich brächte Ihre Carla wegen übelster Beleidigung für zehn Jahre in den Steinbruch, mindestens! Versprochen!«

»Äh, das tut mir leid.«

»Ihnen tut gar nichts leid.«

Kruse tat es nicht leid.

»Ist auch egal. Natürlich nimmt Sie Ihnen das nicht ab, das mit Ihrem Onkel und dem ganzen Nachlasskrempel und so. Sie hat da so ihre Theorien.«

»Verschon mich bitte damit …«

»Sie werden ja plötzlich richtig empfindlich.« Alina kritzelte nervös eine ganze Reihe weiterer Herzchen auf den Block.

»Gibt es eigentlich schöne Frauen da in Zürich?«

Kruse ließ ein paar Sekunden verstreichen, ehe er zu einer Antwort ansetzte, einige Sekunden zu lange, als dass Alina, so jung sie auch war, es nicht als eine umfassende Antwort auf ihre Frage verstanden hätte.

»Geht so«, mümmelte er hervor.

»Na, Sie müssen's ja wissen.«

Plötzlich hatte Alina keine Lust mehr, mit Kruse zu reden. Sie fühlte sich tief gekränkt. Wer war sie denn? Eine graue Vorzimmer-Maus? So würde niemand mit ihr umspringen.

»Bitte Alina, du musst mir helfen. Hast du irgendetwas herausgefunden über Jasper?«

Sie hatte die ganze Nacht über, jene Nacht, die Kruse sehr anderweitig beschäftigt war, am Computer ihres Vaters gesessen. Hatte gewartet, bis ihre Eltern schlafen gegangen waren, hatte seitenweise Material ausgedruckt, es in den Morgenstunden durchgesehen, wichtige Stellen mit Filzstift markiert, um Kruse einen ausführlichen Bericht abstatten zu können. Aber jetzt hatte sie keine Lust und beschränkte ihre Mitteilungspflicht auf ein unabwendbares Minimum.

»Also …«, wieder zog sie das »o« in die Länge, »eins fand ich wirklich spannend. Die Geschichte mit den geklauten Masken von Ihrem Jasper. Das ist ein bisschen wie beim Mord an Kennedy.«

»Was weißt du denn über den Kennedy-Mord?«

»Das hatten wir in der Schule. Wollen Sie jetzt wissen, was ich herausgekriegt habe, oder nicht? Und wenn ja, dann unterbrechen Sie mich nicht dauernd.«

»Entschuldigung«, gab Kruse kleinlaut bei.

Was Alina herausgefunden hatte, war in der Tat erstaunlich und hatte durchaus etwas von der Serie ungeklärter Gewalttaten im Nachklang des Kennedy-Mordes. Durch die Erklärungen des Anwalts in Wittenberg kannte Kruse zumindest den Anfang. Der Vorsitzende Richter des Prozesses gegen Jasper in Puerto Princesa wurde von Stammesangehörigen der Batak umgebracht, von denen die Totenmasken stammten. Nach Vollzug der Todesstrafe an den Mördern vernichtete ein bald hernach folgender Vulkanausbruch die restlichen noch lebenden Angehörigen des Stammes. Ein Journalist der »International Review of Sciences« indes machte sich auf die Spur der versteigerten Masken und fand heraus, dass jene Angestellte von *Sotheby's*, die die Auktion der Masken leitete, kurze Zeit nach der Versteigerung mit einem Taxi in der Londoner Innenstadt tödlich verunglückte. Tags drauf brannten mehrere Lagerhallen im Norden Londons, allesamt gehörten sie einer Sicherheitsfirma, die den Transport von Kunstgegenständen aus aller Welt abwickelte. Selbstverständlich war auch diese Firma in den Transfer der Masken involviert. Sie ging nach einer fehlgeschlagenen Rettungsaktion, die sich über den ganzen kommenden Herbst erstreckte, in Konkurs. Den Chef der Kunstabteilung fand man erschossen in einem Schweizer Bergdorf. Er sollte nicht der letzte Tote in dieser Kette von Unglücksfällen bleiben. Der philippinische Kulturminister, der eigens nach London reiste, um die Auktion auf diplomatischem Wege zu unterbinden, stürzte aus ungeklärter Ursache von seiner Yacht und ertrank in den Weiten des Südchinesischen Meers. Käufer der Masken war nach Informationen der »International Review of Sciences« eine völlig unbekannte *Lipatti-Foundation*. Hier merkte Kruse zum ersten Male laut und vernehmlich auf, wagte aber nicht, Alina zu unterbrechen. Niemand kannte diese Stiftung, in keinem Handelsregister war sie vermerkt. Das Geld, immerhin achthunderttausend Pfund, wurde auf einer Privatbank in Genf eingezahlt. Das Ganze spielte sich innerhalb eines Vierteljahres ab. Weil die Ermittlungen derart versandeten, ist in den letzten achtzehn Monaten, seit dem Tod des Ministers, ein wenig Friedhofsruhe eingekehrt. Vor allem aber in englischen Zeitungen erschien ab und an ein Artikel, der ein vermeintlich neues Indiz aufzeigte, was aber wiederum zu keinerlei weiteren Erkenntnissen führte. Erstaunlich war, dass im gesamten deutschsprachigen Raum dazu nichts, nicht einmal eine kleine Notiz in Kunstzeitschriften, zu lesen war. Alina hatte das sehr genau geprüft. Was sie jedoch fand, war, dass in mehreren Ländern ein Haftbefehl gegen Jasper erwirkt wurde. Es mochte erklären, warum Jasper nicht geneigt war, die Schweiz zu verlassen. Davon hatte der Anwalt Kruse nichts erzählt, wie so manches andere auch, weshalb der Schulfreund mittlerweile alles andere als kleinstädtisch erschien. Im Archiv einer Schweizer Boulevardzeitung entdeckte Alina darüber hinaus einen Artikel, der sich mit einer ominösen Todesserie beschäftigte. Binnen anderthalb Jahren wurden die Leichen von vier jungen Frauen, alle Anfang, Mitte zwanzig, aus ein- und demselben Haus abtransportiert. Alle Damen waren in der Datenbank des Zürcher Drogendezernats als einschlägig bekannte Heroinsüchtige gespeichert. Auffällig war die Adresse, unter welcher sie vor ihrem Tod ordnungsgemäß gemeldet waren – es war der Wohnsitz Jaspers, wie sich leicht aus dem Telefonbuch erfahren ließ. Aber auch dieser Umstand zog keinerlei Ermittlungen nach sich, waren die Frauen doch eines natürlichen Todes gestorben. Freilich, nur insoweit als man eben mit Anfang, Mitte zwanzig Herzversagen und Atemstillstand als natürlich bezeichnen kann. Alina machte eine kleine Pause, in der ihr klar wurde, dass sie bereits viel mehr erzählt hatte, als sie ursprünglich vorgehabt hatte zu sagen. Sie verkniff sich einige bissige Bemerkungen über die offensichtlich problematischen Sozialkontakte Jaspers und die Folgen seines ebenso komplizierten Forschungsdrangs. Eine letzte Information hatte sie noch für Kruse, sie entstammt der Webseite einer dubiosen amerikanischen Esoterik-Sekte. Die Masken, um derenthalben etliche Menschen ihr Leben lassen mussten, gehörten einem Stamm, der eine besondere Form des Totenkultes praktizierte. Die Angehörigen dieses nun ausgestorbenen Volkes behielten ihre Toten monate-, mitunter jahrelang bei sich. Sie wurden nicht begraben oder verbrannt, sondern mumifiziert und in einer speziellen Hütte aufgebahrt. Eine solche Hütte war in jedem Dorf vorhanden. Familien, die ein Mitglied verloren, kochten täglich für den Gestorbenen, richteten seine Schlafstätte her, ließen junge Mädchen darin schlafen als Gespielinnen für den Dahingegangenen. Im Ältestenrat wurde ihnen stets ein Platz freigehalten und andachtsvoll geschwiegen, wenn das Wort an sie gerichtet war. Die Masken schienen ein Medium zu sein, um mit den Toten in Kontakt bleiben zu können. Dies zumindest würde den immensen Wert und ihre kulturgeschichtliche Bedeutung erklären können.

Kruse suchte in der Hosentasche nach weiteren Münzen, um das Telefon zu füttern. Als er erklärte, kurz aufzulegen und erneut Geld wechseln zu wollen, brach die Verbindung ab. Alina legte auf, zerknüllte das Blatt Papier mit den Herzchen, riss es in kleine Fetzen und warf es in den Mülleimer. Sie hatte Kruse alles gesagt, was sie herausfinden konnte. Sollte er doch sehen, was er damit machte. Sie war müde, schließlich hatte sie die ganze Nacht kein Auge zugetan. Ein paar Minuten wartete sie, ob Kruse zurückrufen würde, wunderte sich allerdings nicht sonderlich darüber, dass er es nicht tat. Dann legte sie sich schlafen, nicht ohne vorher den Stecker aus der Telefonbuchse zu ziehen. Nachdem Kruse zum zweiten Male Alinas Nummer gewählt hatte und niemand abnahm, ließ er es dabei bewenden. Er fürchtete sich vor einer erneuten Begegnung mit Jasper, wusste aber gleichzeitig, dass es von nun an keinen Weg gab, die Sache auf sich beruhen zu lassen. Er hätte am Morgen, nachdem ihm seine Aufzeichnungen aus dem Hotel gestohlen wurden, aufgeben und heimkehren können. Er hatte eine Grenze überschritten, und von nun an waren es andere Dinge, die seinen Weg vorzeichneten. Mit Alinas Wissen fühlte er sich nur mäßig gewappnet für eine erneute Auseinandersetzung mit Jasper. Jedoch nicht Kruse war es, der etwas zu wollen schien. Jasper lenkte ihn, er hatte ihn hierher ins »Kunsthaus« gebracht, er würde es ebenfalls nicht bleiben lassen, Kruse als einen Vollstrecker seines persönlichen Feldzuges zu machen. Würde er ihn suchen? Sollte Kruse sich in sein Hotelzimmer begeben und darauf warten, dass Jasper an der Rezeption erscheint? Ein klein wenig Mühe sollte es dem anderen schon bereiten, ihn zu finden. Er würde jedenfalls nicht darauf warten wie ein gewöhnlicher Befehlsempfänger. Kruse wechselte die Batterien in seinem Walkman, setzte sich die Kopfhörer auf und zog sich seine Jacke über. Als er das »Kunsthaus« am späten Nachmittag verließ, war es empfindlich kalt geworden. Für diesen Zweck hatte er eine antiquiert anmutende Pudelmütze eingepackt. Eine verflossene Liebschaft hatte sie ihm gestrickt, während er sie bereits mit ihrer Nachfolgerin betrog. Kruse hatte sie nie gemocht, nicht die Pudelmütze, nicht die fleißige verhärmte Strickerin, noch ihre Nachfolgerin. Doch sie erfüllte ihren Zweck, die Pudelmütze, ihn vor den über den Zürichsee heran ziehenden Winden zu schützen. Gemächlichen Schritts ging er die Rämistraße hinab um im »Odeon« ein Bier zu trinken, als ihm jemand von hinten auf die Schulter tippte. Ruckartig riss sich Kruse die Kopfhörer herunter und drehte sich um. Es war der nämliche Mann, der ihn schon heute Morgen auf dem Weg zu Jasper ansprach.

»Sind Sie sicher, dass Sie mir nicht etwas verkaufen wollen?«

Der Mann schaute sein Gegenüber mit einer Nachdrücklichkeit an, die keine andere Antwort als die von ihm Gewünschte erwarten ließ. Kruse begann zu schwitzen. War es ihm heut früh noch möglich gewesen, den anderen brüsk stehenzulassen und mit einer barschen, pampigen Bemerkung abzufertigen, so sank nun sein Selbstvertrauen in Sekunden dahin. Es schien ihm wenig ratsam, ein wenig dumm zu tun und den anderen in ein Gespräch zu verwickeln; derart: »Ich weiß gar nicht, wovon Sie reden, wollen wir das nicht irgendwo in Ruhe besprechen, was genau gedenken Sie denn zu investieren oder dergleichen?« Nichts davon tat Kruse. Er versuchte, den anderen mit einem Blick zu fixieren, der irgendeine Art von Entschlossenheit suggerieren sollte. Nur wozu Kruse entschlossen sein sollte, war ihm selbst nicht klar. Er entschloss sich, oder wenn er es nicht tat, so entschloss sich es in ihm – befahl ihm, davonzurennen. Kruse rannte wie ein Irrsinniger den Berg herunter. Als ihm der Puls im Hals zu rasen begann, drehte er sich im Laufen um, zu sehen, ob der andere Schritt halten konnte. Er konnte, und es schien ihn nicht die geringste Anstrengung zu kosten. Er folgte Kruse in wenigen Schritten Abstand. Würde er stehenbleiben, so hätte der andere ihn in wenigen Sekunden eingeholt. Kruse, obschon nach wenigen Metern außer Atem, rannte weiter, hatte bald die große Kreuzung am Ende der Straße erreicht. Er hoffte, im Gewirr strömender Menschenmassen irgendwie verschwinden zu können. Doch der andere folgte ihm wie ein Schatten. Kruse rannte weiter, immer weiter. Er verlor das Gefühl für seinen Körper, für das Reißen in den Beinen, das Stechen im Herz, den galoppierenden Puls. An der Münsterbrücke hatte er das Gefühl, den anderen los zu sein … – ehe er ihn doch kurz darauf inmitten der Menschenmenge entdeckte. Kruse schlug einen Haken und rannte eine kleine Gasse entlang der Limmat entlang, eher einen Tunnel, denn die Häuser waren über den Gehweg gebaut. Er musste den Kopf einziehen, um sich nicht den Schädel einzuschlagen. Er vernahm ein Keuchen und Pfeifen und blieb stehen, bis ihm klar wurde, dieses Keuchen und Pfeifen, das war er. Das Hemd klebte ihm am Leib wie ein klatschnasser Lappen. Er konnte nicht mehr weiterlaufen und setzte sich auf die Erde. Für einen Moment lang konnte er sich beruhigen und durchatmen. Es war niemand zu sehen. Dann stand der andere vor ihm. Kruse hatte ihn nicht kommen sehen, wusste nicht, ob er ihm gefolgt war oder ihm von der anderen Seite her den Weg abgeschnitten hatte.

»Hören Sie, was immer Sie wollen, Sie sind zu spät. Ich habe es nicht mehr.«

Kruse hatte Mühe beim Sprechen, die Worte stolperten ihm ungelenk aus dem trockenen Mund. Der andere, ein Mann Ende vierzig, drahtige Gestalt, einen Kopf kleiner als Kruse, sehr durchtrainiert wirkend, sagte nichts und zündete sich eine Zigarette an. Er lächelte auf eine Weise, die nur ausgesuchten Spezialisten psychischer Quälerei eigen ist: ein grundgütiges, alles mit allem versöhnendes Lächeln. Dann bot er Kruse eine Zigarette an. Kruse nahm sie, ließ sich Feuer geben und inhalierte mehrere tiefe Züge. Ihm wurde schwindlig. Das Pflastergestein, auf dem Kruse immer noch saß, dampfte vor sich hin, an der karmesinroten Wand, an der er lehnte, bildete sich ein dunkler Schweißfleck. Kleine fensterartige Nischen öffneten den Blick auf den Fluss. Ein Ausflugsboot fuhr vorbei. Nur wenige Menschen darauf, schließlich war Winter. Jedoch die Musik dröhnte derart laut, als fände ein Volksfest an Bord statt. Der andere fragte etwas in diesem Moment, was Kruse nicht verstand. Hilflos versuchte er eine Art Grinsen, als er etwas hell Blinkendes vor sich flattern sah.

»Einen Moment noch, bitte.« Kruse ergriff den letzten Strohhalm. »Es gibt eine Abschrift, ich könnte sie besorgen. Sie müssten ein, zwei Tage Geduld haben.«

Kruse hatte nicht die geringste Ahnung, ob es das war, was der andere wollte, aber es schien ihm die plausibelste Erklärung zu sein. Langsam kam der andere näher. Es war nicht auszumachen, ob er mit dem Angebot Kruses sich hätte arrangieren wollen, aber eher schien dies nicht der Fall zu sein. Und auf einmal sackte er zusammen. Wie ein geübter Tänzer, der sich im Fallen nicht verletzen mochte, gänzlich lautlos, nahezu unbemerkt. Jasper massierte sich den Finger, den er dem anderen gegen die Halsschlagader gestoßen hatte.

»Ich bin etwas aus der Übung«, setzte er als Entschuldigung hinzu. »Ein schöner Trick, man lernt ihn am Amazonas. Dort erlegen sie auf diese Weise Krokodile. Lautlos, um nicht die ganze

Meute anzulocken. Man weiß nie, wozu man es brauchen kann. Ich hoffe, Sie hatten keine weiteren Unannehmlichkeiten, Kruse? Was wollte der Typ von Ihnen?«

»Was weiß ich.«

Kruse war dankbar, aber nicht gesprächig. Unter diesen Umständen, auch wenn sie sich für ihn als äußerst vorteilhaft herausstellten, hätte er gerne auf die Wiederbegegnung mit Jasper verzichtet.

»Wir haben nicht allzu viel Zeit, darf ich Sie zu einem kleinen Spaziergang überreden? Vielleicht kommen Sie so wieder zu Kräften. Na, kommen Sie schon.«

Er half Kruse auf die Beine. Schweigend gingen sie ein paar Schritte zum Lindenhof, einem parkähnlichen Plateau oberhalb der Limmat. Es dämmerte bereits. Ein paar kahle Bäume wiegten sich leise schaukelnd im Abendwind. Kruse nahm sich die Pudelmütze vom Kopf, um nicht den letzten Rest von Selbstachtung gegenüber Jasper einzubüßen. An die flache Mauer gelehnt, starrten sie auf den Fluss. Die Stadt am gegenüberliegenden Ufer verschwamm zu einem Lichtermeer von gleißender Helle und gänzlicher Ruhe.

»Um es vorwegzunehmen, ich habe keine Ahnung, wer der Mensch ist, den ich da erlegt habe, und es geht mich auch nichts an. Ich hatte nur das Gefühl, Ihnen aus einer Art Beklemmung zu helfen, einer Situation äußerst unkommoder Art. Sollten Sie mit dem Herrn geschäftlichen Umgang pflegen, so achten Sie bitte immer auf das stimmige Ambiente, Sie werden sonst leicht übervorteilt, um nicht zu sagen, beschissen. Man ist in geschäftlichen Dingen in der Schweiz nicht feiner als anderswo. Man tut hier nur so.«

»Ich bin mir nicht sicher, welche Art von Geschäften der Monsieur zu tätigen gedachte, aber ich fürchte, ich wäre ihm auch in einem anderen, freundlicheren Rahmen ein lausiger Partner. Aber danke, dass Sie sich die Mühe gemacht haben, mir zu helfen. Und weil wir gerade dabei sind, Jasper, grüßen Sie die beiden Damen auf das Herzlichste von mir. Es war eine überraschend neuartige Erfahrung für mich, wenngleich nicht ganz folgenlos.« Kruse sah ihm mit aller ihm verbliebenen Festigkeit ins Gesicht.

Er erwartete keine Antwort. Jasper lächelte ein widerlich überlegenes Lächeln. Es lag ihm mehr als fern, auf die reichlich plumpe Dankesbezeigung Kruses etwas zu erwidern.

»Ach wissen Sie, Kruse«, Jasper massierte noch immer die Finger seiner linken Hand, »es war mir ein Vergnügen, zu bemerken, dass im Laufe der Zeit bestimmte Fertigkeiten doch nicht so ohne Weiteres verlorengehen. Und dass in Notsituationen, und um eine solche schien es sich ja schließlich zu handeln, man sich ihrer vergewissern kann.«

Jasper tat nachgerade so, als hätte er einem Ortsfremden den Weg auf dem Stadtplan erläutert. Der Wind wurde wieder stärker, Kruse schlug den Kragen seiner Jacke hoch.

»Hatten Sie denn noch einen anregenden Nachmittag im ›Kunsthaus‹?«

»Ich fürchte, es wird alles ein wenig zu viel für mich. Jedenfalls zu viel auf einmal.«

»Aber Sie werden doch jetzt nicht schon zurückschrecken, Kruse. Es hat gerade erst begonnen.«

»Was hat begonnen?«

»Sie haben mich um Hilfe gebeten, Sie werden ein paar Erkundigungen eingezogen haben, um herauszubekommen, mit wem Sie es zu tun haben. Und ich gehe davon aus, dass Sie dies alles freiwillig tun. Meinethalb glauben Sie ein Vermächtnis Ihres Herrn Onkel zu erfüllen, gleichwie. Noch einmal: Sie sind an einem Punkt angelangt, an welchem Sie festgestellt haben, ohne meine Mitwirkung nicht weiterzukommen. Ich meinerseits habe ein paar Erkundigungen über Sie eingezogen – man möchte ja schließlich nicht gänzlich unvorbereitet zu einer derartigen Begegnung sich bequemen. Was ich Ihnen mitteilen konnte, habe ich auf die mir deutlichst erscheinende Weise getan. Und nun kommen Sie und sagen, es wird Ihnen alles ein bisschen viel. Sie enttäuschen mich, Kruse.«

»Warum sagen Sie mir nicht, was Sie wissen, Jasper?«

»Wenn ich es könnte oder wüsste, glauben Sie im Ernst, wir stünden jetzt hier im Abendwind auf dem Lindenhof? Ich hege große Hoffnungen, setze große Stücke auf Sie, Kruse. Sollte ich mich derart in Ihnen getäuscht haben? Und noch eins: Hören Sie endlich auf, herumzukramen, ob meine Mutter nun häufiger mit meinem Vater, Ihrem Onkel oder diesem Geigenheini gefickt hat! Darauf kommt es nun wirklich nicht an.«

Kruse fühlte sich wie benommen. Die Obszönität in Jaspers Sprache verstörte ihn. Aber sie fügte sich nahtlos in die Kette von Gedanken seit seiner Ankunft in Zürich ein.

»Ich … ich werde mir Mühe geben«, versuchte er eine Antwort.

»Das ist das Mindeste, wenngleich Mühe allein wohl nicht ausreichen wird. Sie werden Glück brauchen. Glück und scharfe Schwerter – und einen hellen Verstand. Wachen Sie endlich auf, Kruse!«

Das Erste, was er von ihr wahrnahm, war das leichte Sommerkleid. Völlig unpassend zu dieser Jahreszeit. Man wäre versucht zu sagen: »Du holst dir den Tod«, wenn nicht die junge Frau im Sommerkleid selbst vom Tod schon gezeichnet war. Mit leicht tänzelnden Schritten bewegte sie sich auf Jasper zu. Sie schien etwas hinter dem Rücken zu verbergen, Jasper machte keinerlei Anstalten, zu ergründen, was es war. Der Auftritt hatte etwas Gespenstisches an sich. Der Kies gab leicht knirschend unter ihren Füßen nach. Sie kam näher. Jetzt konnte Kruse sie deutlich erkennen. Er kannte diesen Anblick aus diversen Bahnhofsgegenden der Welt. Jene somnambulen Wesen der Drogenhöllen; Mädchen, abgemagert auf kaum vierzig Kilogramm, Haut und Knochen bloß; Augen groß wie Mühlräder, aber tot und leer; die Wangen eingefallen und blass; eine kraterzerfurchte Haut, von Ekzemen und Einstichen durchsetzt, die Haare wirr und strähnig. Wenngleich bei dieser eine unzerstörbare Schönheit immer noch lauern mochte unter diesem Anblick schlimmster körperlicher Zerrüttung. Sie stand knapp einen Meter vor Kruse und Jasper, als sie langsam die Hand hinter dem Rücken hervorhob und sich etwas über ihr Gesicht zog, eine Perücke, einen Schleier oder etwas Ähnliches. Kruse zündete sich noch eine Zigarette an, und der Schein des Feuerzeuges illuminierte das personifizierte Grauen. Es war ein Aufputz von bizarrem Ausmaß. Der Kopf der Frau steckte unter einem blechernen Helm, ähnlich denen, die im ersten Weltkrieg von den Engländern getragen wurden. Der Helm war bestückt mit Splittern von Glas, die ein vielfach sich brechendes Leuchten erzeugten, zwischen den Scherben hingen an Bindfäden aufgereihte Zöpfe von ausgeschlagenen Zähnen. Am unteren Ende des Helms der blutgetränkte Fetzen eines Brautschleiers. Ihre Augen waren verdeckt von einer Reihe ausgerissener Tierfedern und statt eines Kinnriemens hielt den Helm eine Kette voller kleiner schrumpliger Klumpen, die sich bei näherem Hinsehen als menschliche Ohren entpuppten. Dies also war die 800.000 Pfund teure Maske der Bataks. Jasper stand völlig ungerührt vor dem Mädchen und sagte nur: »Nimm das Ding ab, Maddalena, und geh nach Hause. Du holst dir den Tod.«

Er nannte es tatsächlich ›Ding‹, was derart viele Menschen das Leben gekostet haben sollte. Doch Maddalena gehorchte nicht, sondern ging einen Schritt auf Kruse zu und berührte ihn mit zittriger, fahriger Hand. Es war, als hätte ihm jemand ein brennendes Streichholz an den Arm gehalten. Er zuckte zurück und unterdrückte einen Schmerzensschrei. Wie ein Feuermal brannte die Stelle, an der sie ihn berührt hatte.

»Es ist soweit. Ich habe es genau gespürt. Wenn man die Sätze nur noch in Wellen denken kann, Wellen, die über einen kommen, dann muss man loslaufen. Man läuft los und vergräbt alle hundert Kilometer einen Zahn in der Erde, damit man den Rückweg auch findet. Laufen, laufen, laufen, wie ein Flaschengeist durch die Luft. Und alle hundert Kilometer steht ein Baum, eine schöne alte Eiche, und in ihrem Schatten vergräbt man einen Zahn, damit man den Rückweg auch findet, stimmt's. Doch die erste Eiche ist grün, und die letzte ist braun, die erste hat Blätter, und die letzte ist kahl, doch keiner merkt es, weil der Weg so weit ist und weil die Unterschiede zwischen der ersten Eiche und der zweiten Eiche so gering sind, dass man sie nicht bemerkt, und auch die Unterschiede zwischen der zweiten und der dritten, und der dritten und der vierten sind nicht groß, wie die zwischen allen anderen auch. Und doch lauert ein Mord am Ende des Wegs, ein erschlagenes Haupt, du kannst nichts dagegen tun, die andere führt dir die Hand im Schlaf, du bist machtlos dagegen, du bringst ihn um, den anderen. Wenn du nur nicht vergisst, einen Zahn zu vergraben alle hundert Kilometer. Ach Bruder, lass ihn uns retten und einen anderen töten.«

Den letzten Satz hatte sie zu Jasper gesprochen und dabei immer den Kopf zu Kruse gewendet. Er sah Jasper an, unsicher, was von diesem Auftritt zu halten sei. Natürlich hatte es etwas Furchterregendes an sich, gleichwohl handelte es sich um ein halluzinierendes Wesen, das da sprach, ein Mensch im schlimmsten Drogenrausch, der eigentlich nicht weiß, was er sagt. Jasper schien völlig ruhig. Noch einmal sprach er auf das Mädchen ein, sie solle das Ding abnehmen und nach Hause gehen. Kruse erinnerte sich an Alinas Erzählung, die toten Frauen betreffend, die aus Jaspers Haus getragen wurden. Jungen Damen beim Sterben zuzusehen. Vielleicht handelte es sich ja um eine besondere Perversion, die Jaspers Wesen beherrschte. Das Mädchen begann ihre Litanei von Neuem, und wieder schaute sie in Kruses Richtung. *Lass ihn uns retten und einen anderen töten*. Jasper bewegte sich langsam auf Maddalena zu, holte aus und schlug ihr mit der flachen Hand ins Gesicht. Dann riss er dem Mädchen die Maske vom Gesicht und zog sie mit sich fort ins Dunkel des Lindenhofs. Kruse rauchte seine Zigarette. Als er den Kippenrest auf dem Boden austrat, kehrte Jasper zurück. Er lächelte, als sei nichts geschehen; wie ein guter Gastgeber, der einen Aussetzer eines betrunkenen Partygastes überspielt.

»Ach wissen Sie, ich bin wirklich nicht gerecht, meinethalben egozentrisch, egomanisch, ich habe keine Freunde und bin wohl ein ausgesprochenes Großmaul. Aber ich tröste mich tagtäglich damit, dass es einer anderen Sache dient; einer, die noch zu finden ist. Ich bin weniger ein Mensch als ein Versuch, eine Anordnung, ein Projekt. Ich tauge nicht als Menschenkenner. Ich kann mir keine Physiognomien einprägen, geschweige denn, aus ihnen oder aus Verhaltensweisen etwas lesen, ahnen. Ich verwechsle ständig Menschen, die meinen, mich zu kennen. Ich hingegen erkenne sie nicht, weiß nicht, was sie tun, taten, waren oder sind. Hingegen habe ich ein gutes Gedächtnis für Zahlen, weiß nach Jahren noch Geburtstage oder Telefonnummern auswendig – leider Gottes aber nicht mehr, wer hinter dem Zahlensalat sich befindet. Ich tue der Welt ein klein wenig Abbitte, indem ich mich um Mädchen wie Maddalena kümmere. Verzeihen Sie den Auftritt. Morgen hat sie vergessen, dass sie Sie getroffen hat. Sie sollten es ähnlich halten.«

Kruse nickte stumm. Jasper log ihn an, aber es war nutzlos, jetzt danach zu fragen.

»Aber wir dürfen keine Zeit verlieren, Kruse. Kommen Sie.«

»Wohin, wenn ich fragen darf?«, entgegnete Kruse.

Jasper gab keine Antwort. Es war, als implodiere er nach der eben geäußerten Selbstauskunft.

»Es ist ein schöner Ort hier«, versuchte Kruse das Gespräch wieder aufzunehmen, als sie sich bergab begaben. Er bekam wieder keine Antwort.

»Ach, vergessen Sie's.«

»Was haben Sie gesagt?« Jasper schien wie aus einer Betäubung zu erwachen.

»Sie sollen's vergessen.«

»Nein, ich meine, was Sie davor gesagt haben.«

Diesmal gab Kruse keine Antwort. Eine Kirchturmuhr schlug zwölfmal an.

»Mitternacht«, sagte Kruse.

Jasper glotzte ihn aus stumpfen Augen an.

»Also bei mir sind es schon mindestens sechzehn oder siebzehn.«

Er schien den Verstand verloren zu haben. Er ging eine Weile vornweg und hielt nach etwas Ausschau. Als er entdeckt hatte, was er suchte, überquerte er die Straße, ohne sich zu vergewissern, ob Kruse ihm folgte. Der trabte hinterher. Jasper öffnete die Tür einer der futuristisch anmutenden Telefonzellen und drückte Kruse eine Nummer in die Hand.

»Wenn Sie mich jetzt bitte entschuldigen würden. Ich möchte mich um Maddalena kümmern. Alles Gute, Kruse. Versuchen Sie ihr Glück.«

Ohne eine Erwiderung abzuwarten, drehte er sich um und verschwand an der nächsten Straßenecke. Die Tür der Telefonzelle fuhr von allein zu, und die neonhelle Kammer wurde durchflutet von einer sphärischen Musik, die an mongolische Obertongesänge denken ließ. Kruse blickte auf den Zettel, den Jasper ihm in die Hand gedrückt hatte. Mit Bleistift war eine Nummer in Italien notiert. Kruse erkannte es an der Länderkennung. Er nahm den Hörer ab, die Musik wurde lauter. Sie dröhnte in seinen Ohren, als er die zwölfstellige Zahlenkombination wählte. Ihm wurde schwindlig, gleichzeitig befiel ihn eine plötzliche Übelkeit. Er wollte an die frische Luft, aber die Tür ließ sich nicht öffnen. Die Musik nahm orkanartige Ausmaße an. Er hielt den Hörer ans Ohr, aber am Ende der Leitung war kein Zeichen zu vernehmen. Die Beine sackten ihm weg, aber zu seiner eigenen Überraschung fiel er nicht hin. Es war eher, als würde er sich entmaterialisieren. Ein Gefühl unerwarteter Leichtigkeit durchflutete ihn. Das Neonlicht brannte mit einer Helligkeit, die schmerzte. Kruse schloss die Augen. *Mein Leben ist ein leerer Tanzsaal.* Am Ende des Ganges brennt ein Licht. Ich kann dich sehen.

III

Es war stockfinster, als Kruse das Bewusstsein wiedererlangte. Eine drückende Schwüle legte sich auf seine Schläfen, kochend heißer Luftschlamm machte das Atmen schwer. Seine Glieder fühlten sich an wie mit flüssigem Blei vollgepumpt. Er torkelte und versuchte in der Dunkelheit einen Halt zu finden. Mit der rechten Hand stützte er sich an einer feuchten Wand ab. Kleine perlende Rinnsale flossen den Stein entlang. Kruse wischte sich den Schweiß aus den Augen. Nur mühsam gewöhnte sich der Blick an die Schwärze. Ein infernalischer Gestank durchzog den Ort. Wie der Sud einer Hexenküche stieg er auf, verbreitete Schwärme von mäandernden Geruchsblasen. Schwankend bewegte sich Kruse einige Schritte vorwärts und stieß erneut an eine Mauer. Er tastete sich daran entlang, bis er einen Durchgang fand. Die Öffnung war nur wenige Zentimeter breit, sehr niedrig. Er zog den Kopf ein. Die Hände nicht von der feuchten, schlierigen Wand lassend, ging er einige Schritte weiter, als er ein Geräusch bemerkte. Es mochten Stimmen sein, wenngleich gedämpfte, mühsam unterdrückte Stimmen. Der ohnehin schmale Gang wurde noch enger, Kruse konnte sich nur noch seitwärts bewegen. Er hielt inne, suchte in seinem Rucksack das Feuerzeug, um sich ein wenig Licht in dem Tunnel zu verschaffen. Er leuchtete den stinkenden Raum aus und sah, dass der Weg noch ungefähr zwanzig Meter weiterführte und sich dann gabelte. Am Ende des nach rechts führenden Wegs flackerte ein Lichtschein. Von dort mussten die Stimmen kommen. Kruse blieb stehen und versuchte tief durchzuatmen. Plötzlich erschütterte eine Detonation die Katakomben, der Boden vibrierte leicht, Staub und kleine Steine rieselten von der Decke. Nach ein paar Momenten der Stille erfolgte eine zweite Detonation. Dann war das gleichmäßige Surren von Motoren zu hören, ein Geräusch ankommender oder wegfliegender Flugzeuge. Nach der dritten Detonation setzte eine Art Totenruhe ein. Das Licht am Ende des Wegs erlosch und auch die Stimmen waren verstummt. Mühsam ging Kruse weiter. Er hatte das Ende des Ganges erreicht und befand sich oberhalb eines Raumes von hallenartiger Größe. Im Raum selbst waren an die zweihundert Menschen, dicht gedrängt und um kleine bläulich zischende Flammen hockend. Hier und da flackerte eine Öllampe auf. Von dem Platz, an dem Kruse stand, führte eine Steintreppe hinunter, doch er stand starr und wagte nicht, sich zu bewegen. Niemand hatte ihn bemerkt. In der Mitte des Raumes eine Zisterne. Ein alter Mann in einem zerschlissenen Jackett lief darauf zu, in der Hand einen Krug. Er schöpfte Wasser und ging zurück an seinen Platz. Um die Zisterne herum lagerten finster dreinblickende und ärmlich gekleidete Menschen, Frauen mit Kopftüchern, Männer mit billigen Mützen und derben Schuhen. Viele Kinder im Raum, aber auch sie schweigsam wie alle anderen.

Kruse sah einen jüngeren Mann in einem Rollkragenpullover, der mit Holzkohle einige kryptische Zeichen an die Wand malte. Eine Frau verrichtete in aller Öffentlichkeit, mitten im Raum, ihre Notdurft. Es schien niemanden zu interessieren. Unterhalb der Treppe standen zwei Kinder, vielleicht sieben Jahre alt. Sie hatten Kruse nun entdeckt und starrten ihn an. Bald darauf verloren sie das Interesse an ihm und setzten sich zu einer Greisin, die ein Baby an riesigen leeren Brüsten säugte. Das Baby schrie, der erste wirklich menschliche Laut, den Kruse vernahm. Die beiden Kinder lachten tonlos. Kruse ließ den Blick einmal über den ganzen Raum wandern. Es waren hauptsächlich Bauern, Südländer, die hier in stoischer Ruhe versammelt waren. Knallartige Geräusche warfen ein vielfaches Echo durch die Halle. Männer hielten tote Ratten an Holzspießen über das Feuer. Das Knallen rührte von den verbrannten Fettblasen des Rattenfleischs her, die in die Flammen tropften. Der Gestank wurde unerträglich. Kruse ging einige Schritte die Treppe hinab. Auf einem Zwischenabsatz stieß sein Fuß gegen einen Körper. Ein Toter lag dort, das Gesicht mit einer blauen Jacke bedeckt. Eine Frau saß daneben und schien Wache zu halten. Sie bedeutete Kruse mit einer Kopfbewegung, er solle weitergehen. Am Fuß der Treppe ruhte ein Paar, kaum zwanzig Jahre alt. Schlafend hielt es die Köpfe aneinandergelehnt. Kruse wanderte ziellos durch dieses Lager der Elenden. Neben dem Ausgang lag ein Betrunkener auf dem Boden, eine umgekippte Flasche Schnaps neben sich. Unverständliche Brocken lallend, rieb er sich die durchnässte Hose. Er hatte sich eingepinkelt. Als er Kruse sah, richtete er sich ein wenig auf und grüßte. Kruse erwiderte mit einem Nicken, worauf der Betrunkene ein italienisch klingendes Volkslied anstimmte, jedoch sofort wieder in seinen lallenden Tonfall zurückfiel, sobald Kruse sich an ihm vorbeigedrängt hatte. Das Surren der Motoren wurde wieder lauter, erneut konnte man eine Detonation vernehmen, doch diesmal von weiter weg. Aus der Ferne war das Krachen eines zusammenstürzenden Hauses zu hören. Kruse verließ den Raum mit schnellen Schritten.

Die letzten Stufen der Treppe nach oben hatte er im Laufschritt genommen. Dort angekommen, bemerkte er, wie die Farben auf die Netzhaut zurückkehrten. Ein buntes Kassenhäuschen war das Erste, das er erblickte. Fahnen aller einschlägigen Touristennationen waren darauf geklebt. Ein junger Mann bellte ihm »Benvenuto a Napoli!« entgegen, als er den Eingang zur Grotte verließ. Es war, als hätte man Kruse erwartet. Nun war er angekommen. Neben dem Kassenhäuschen waren Öffnungszeiten und eine Telefonnummer notiert. Kruse verglich sie mit derjenigen, die Jasper ihm aufgetragen hatte zu wählen. Er hatte den Zettel noch immer in der Hand. Sie waren identisch.

Manchmal möchte man das Leben nur irgendwie lossein. Sich dem Pathos der niederen Ebene verschreiben, unten angekommen sein eben. Gelegentlich das Notierenswerte aufnotieren; das was los ist, wenn sonst nichts mit einem los ist. Einen Idioten einen Idioten nennen zum Beispiel. Aufstehen und eine Grundsatzbrandrede halten, derart: Es tut mir Leid für alle, jede und jeden, die ich verletzt, geliebt, beleidigt, behelligt oder unabsichtsvoll geschwängert habe die letzten Jahre. Ich tue Buße und trage die Aschermittwochsfratze ganzjährlich ab heut'. Streicht mich von der Liste derer... ach, streicht mich einfach. *Alles prüfe der Mensch, sagen die Himmlischen / Dass er, kräftig genährt, danken für alles lern, / Und verstehe die Freiheit / Aufzubrechen, wohin er will* … und im blattgoldgerahmten Bild der Erinnerung sitzen die Tanten am Kaffeetisch zwischen Nuss und Schwarzwälderkirsch, während die Onkel im Nebenzimmer Fußball hören am Radioapparat, sagen, aufseufzend: »Er ging, um ein Mann zu werden. Am Arsch! Das Meer. Blausoblau.«

Es hupte hinter ihm auf der engen Gasse. Er sprang zur Seite, um einem zehn- oder elfjährigen Jungen auf einer Vespa Platz zu machen, der, die Zigarette im Mundwinkel, ihn überholte, um bald darauf anzuhalten, weil sein *telefonino* klingelte. In Fis-Dur, wie Kruse bemerkte. Dies brachte ihn auf einen Gedanken. Er kaufte bei einem mobilen Händler ein Funktelefon mit funktionierender italienischer Prepaidkarte und wählte eine Nummer, voller Ahnung und dennoch gedankenlos. »Das ist der Anrufbeantworter der Künstleragentur Bebel, wir sind im Moment nicht erreichbar, bitte sprechen Sie nach dem Ton.« Seltsam genug, dass der Anschluss immer noch zu funktionieren schien. Kruse hielt den Hörer auf die Straße, ein Auto fuhr vorbei, ein Moped hupte, zwei Kinder stritten sich um einen Fußball, dann legte er auf.

Er lief durch die Straßen wie in einem schweren Rausch. Nichts ist eigentlich schön hier. So schön wie, sagen wir, Rom. In Rom hatte er einmal im Herbst gesessen als er für die Dauer einiger Monate drohte, einer Schweizer Sirene zu erliegen. Es befällt einen die immergleiche Lust in dieser Stadt, der Menschheit einen ungeheuren Tort anzutun, sie tödlich zu beleidigen und sich daraufhin zu erschießen. Lieber wäre einem die umgekehrte Reihenfolge, aber man ist ja in der Wahl der Dinge so schrecklich unfrei. Da Kruse zu beidem Entscheidendes fehlte, zu ersterem die Fantasie, zu zweitem der Mut und eine Pistole; obwohl, da gäb es

Möglichkeiten … Doch dies alles war in einem vorvergangenen Herbst geschehen und ist schon allein deshalb nicht mehr wahr.

Und dennoch ist alles schön hier. Einen Balkon nennt man Neapel, den Balkon Europas. Blicke, Blicke, Blicke. Niemand hatte ihn gewarnt, dass es derart schön sein konnte. Völlig unvorbereitet traf ihn die Wucht aus Farben Formen Gerüchen Orten und: Blicken. So auch auf Capri, so auch auf dem Vesuv, den er am dritten Tag besuchte. Im Fernsehen liefen die schaurig schönen Bilder des glutspuckenden Ätnas auf Sizilien. *Jetzt komm und hülle, freundlicher Feuergeist / Den zarten Sinn der Frauen in Wolken ein / In goldne Träum und schütze sie, die / Blühende Ruhe der Immerguten / Und immer wohnet der freundlichen Genien / Noch Einer gerne segnend mit ihm, und wenn / Sie zürnten alle die Ungelehr'gen / Geniuskräfte, doch lebt die Liebe.*

»Das ist der Anrufbeantworter der Künstleragentur Bebel, wir sind im Moment nicht erreichbar, bitte sprechen Sie nach dem Ton.« Er hielt den Hörer in die Luft, der Wind strich über den Krater des Vesuv, ein *zefiretto*, einer der afrikanischen Wüstenwinde, die über das Mittelmeer streichen und verantwortlich sind für den Liebeswahn, in italienischen Opern zumindest. Was auch immer über eine Funktelefonverbindung davon noch übrigbleiben mag. Kruse legte auf.

Einmal hatte er das Zimmermädchen wohl einen Augenblick zu lange angestarrt. Ein dunkler Flur, nicht unähnlich dem des Zürcher Hotels vor kurzem. Sie trug einen dünnen Kittel, unter dem sich weiße Unterwäsche abzeichnete. Seismographisch speicherte Kruses Gedächtnis jedes Detail dieses Anblicks. Seit diesem

Tage fühlt sich Kruse mit obszönen Gesten konfrontiert, die ihrer simplen Zeichenhaftigkeit wohl einen gewissen internationalen Standard bedienen. Doch als er ihr auf wenige Schritte folgte, rief sie Zeter und Mordio. Dies soll nun einer verstehen; eine schlichte, in den Dingen der Körperlichkeit eher spärlich ausgebildete Natur wie Kruse allemal. Er ließ Frivolisierungen jedwelcher Art bleiben und senkte schamhaft den Blick am folgenden Tag, als er das Zimmermädchen sah. Doch genau da verschwand sie wiederum in gestischer Unzweideutigkeit in der Besenkammer. Er hätte nur folgen müssen. Es war wie in jedem emotional aufgewühlten Augenblick seines Lebens. Kurz bevor er etwas tat, sah er sich zu, wie er es tat und: brach in schallendes Gelächter aus, Gelächter über das, was er eigentlich zu tun gedachte und folglich dann eben nicht tat. Also ging er, blöde grinsend, an der Besenkammer vorbei. »Das ist der Anrufbeantworter der Künstleragentur Bebel, wir sind im Moment nicht erreichbar, bitte sprechen Sie nach dem Ton.« *Noch einmal wagst du, vielbeweinter Schatten, / Hervor dich an das Tageslicht, / Begegnest mir auf neubeblümten Matten, / Und meinen Anblick scheust du nicht. / Es ist, als ob du lebtest in der Frühe, / Wo uns der Tau auf einem Felde erquickt / Und nach des Tages unwillkommner Mühe / Der Scheidesonne letzter Strahl entzückt; / Zum Bleiben ich, zum Scheiden du erkoren, / Gingst du voran – und hast nicht viel verloren.*

Asif, der syrische Flüchtling, der den ganzen Tag an der Hoteltür herumlungert, wartet mit einer Schauergeschichte auf. Zu sechst seien sie auf mehreren aneinander befestigten Traktorreifen geflüchtet. Er, vier Geschwister und ein Sohn seiner Cousine mütterlicherseits. Das jüngste Kind fünfeinhalb Jahre alt. Eine Woche durch das aufgepeitschte Meer. Im Dezember. Wellen so hoch wie ein Zweifamilienhaus. Zwei der Kinder seien vom

Reifen gefallen. Vor der italienischen Küste hätte sie ein türkischer Schlepper aufgegabelt und an Bord genommen. Die Türken versprachen, sie an einer sicheren Stelle an Land gehen zu lassen. Gegen Aufpreis und wenn sie eines der Mädchen daließen. Sie würden sogar falsche Pässe besorgen, mit denen man dann weiter nach Belgien oder England ausreisen könnte. Asif und seine Familie hatten alles geglaubt. Eine andere Chance gab es wohl auch nicht. Die Schlepper drohten sie wieder ins Meer zu werfen oder der italienischen Küstenwache auszuliefern, was auf das Gleiche hinauslief. Die älteste Schwester Asifs, siebzehn, wurde den Schleppern übergeben. Man erzählte ihr, sie würden sie nach Mailand bringen. Dort könne sie groß rauskommen, ein Model-Vertrag, Fernsehen und überhaupt. Der obligate Leim, auf den die Elenden krochen wie Wespen auf die Konfitüre. Die Typen auf dem Schiff wären jetzt ihre Agenten, und gegen 25 Prozent Beteiligung wären das alles in allem doch rosige Aussichten. Und irgendwie ist es dann doch alles anders gekommen. Ein italienisches Schnellboot der Küstenwacht kam auf sie zugehalten. Die Türken liefen aufgeregt über das Schiff und drohten, die Flüchtlinge zu erschießen. Asif sei dann vor aller Augen ins Meer gesprungen und so lange untergetaucht, bis ihm die Lungenflügel drohten zu zerplatzen. Gott sei Dank war es schon dunkel, und weder die Italiener noch die Türken hatten ihn sehen können, als er wieder auftauchte. Er sei dann weiter geschwommen und hätte noch aus der Ferne beobachtet, wie die Schlepper einen seiner kleinen Brüder vor den Augen der italienischen Polizisten erschossen haben. Kruse winkt ab. Die Geschichte sei schlüssig, aber zu gruslig. Außerdem zu lang, um den Touristen das Geld aus der Tasche zu ziehen. Er gibt Asif zwei Euro und steigt die drei Stockwerke zu seinem Hotel hinauf.

Einige Tage vergingen in diesem leichten Dämmerschweben. Wie durch eine Höllenpforte hatte er die Stadt betreten, einem grausigen Spektakel aus fernen Tagen beiwohnend, um dann umso mehr das Unbekümmertsein des Übergangs genießen zu dürfen. Oft dachte er an Jasper, der ihn hierher geleitet oder gebracht hatte. Und diese Erinnerung machte ihn misstrauisch, weil er wusste, alles, was er erlebte in diesen Tagen war eine gestohlene Zeit. So unmöglich es schien, aber Kruse war sich sicher, dass das, was er spürte, kein reales Leben war. Das wirkliche spielte sich in einer anderen Zeit ab, und es war paradox genug, die Zeit hier abzuwarten, auf dass jene andere Zeit, um derethalben er hier war, ihn einholte. Dass sie käme, war gewiss, wann sie hingegen käme, mehr als ungewiss.

Kruse hatte sein Hotel verlassen, es war zeitiger Abend, er war auf dem Weg zu einer der Bars an der Piazza Bellini. Dort wollte er etwas trinken, ehe es Zeit schien, in einem der Restaurants in der Nähe zu Abend zu essen. Schon auf dem kurzen Weg zur Piazza bemerkte Kruse die schleichende Veränderung. Die Farben wichen langsam aus dem Stadtbild. Wie bei einem Kleidungsstück, das zu oft gewaschen wurde über die Jahre, verloren sie an Strahlkraft und Helligkeit, wichen stattdessen einer Vielzahl zunächst pastellartiger Töne, um dann im Verlauf der nächsten Minuten in ein einheitliches ›Grau in Grau‹ hinabzusinken. Gegenüber der Bar verwandelte sich ein südamerikanisches Konsulat binnen weniger Minuten in eine Kommandantur, über deren Tür eine US-Flagge wehte. Vorfahrenden Militärwagen entsprangen Soldaten und Offiziere. Die Passanten, Touristen meist, die vor einer Weile noch den Platz und die angrenzenden Straßen bevölkerten, waren gänzlich verschwunden. Stattdessen drückten sich

Hausfrauen in schwarzen Alltagskleidern mit schweren Körben vorbei. Streunende Straßenjungen rannten einem vorbeifahrenden Militärjeep hinterher. Eine Razzia italienischer Hilfspolizisten in provisorischen Uniformen auf der anderen Straßenseite hatte die Verhaftung mehrerer junger Männer zur Folge. Sie wurden auf einen Pritschenwagen geladen, der mit großer Geschwindigkeit davonraste. An der Nordseite der Piazza stand eine Ruine. Vielleicht hatte sie Kruse nicht bemerkt, als er sich setzte; es schien aber auch möglich, dass das Haus erst in den letzten Minuten seine blatternarbige Gestalt angenommen hatte. Die gesamte Vorderfront war durch einen schweren Treffer weggerissen worden. Immer noch schienen Menschen darin zu wohnen, man sah eine Wohnung, mehr oder minder komplett eingerichtet, nur eben zur Straßenseite hin offen wie ein aufgeschnittenes Puppenhaus. Ein Kellner räumte Kruses halb ausgetrunkenes Bier weg und stellte in großer Geschwindigkeit Stühle und Tische zusammen. Es sei Sperrstunde, und er mochte seine Konzession nicht verlieren. Kruse solle gehen. Sein Hotel war allerdings jetzt kein Hotel mehr, sondern ein gewöhnliches Mietshaus. Aus jeder Etage ertönten vielstimmiges Gewirr, Tiraden familiärer Auseinandersetzungen. Kruse hatte keine Vorstellung, wo er jetzt hingehen könnte. Er fragte einen Mann auf der Straße. Einige größere Hotels gäbe es in Hafennähe, aber es heißt, sie wären sämtlich von den Amerikanern belegt. An den Häuserwänden klebten Proklamationen und Verordnungen, die das Verhalten der Zivilbevölkerung reglementierten. Immerhin konnte Kruse anhand der Unterzeichnungen ein Datum ausmachen. Demzufolge befand er sich wohl im Frühjahr 1944. Von fern heulte eine Sirene. Fliegeralarm. Die Menschen wurden hektisch und begannen zu laufen. Etliche verschwanden in den nächstliegenden Hauseingängen.

Kruse folgte ihnen. Eine Viertelstunde später waren die ersten Einschläge zu hören, noch relativ weit entfernt. Im Kellereingang, in dem Kruse mit vielen anderen hockte, sprach man darüber, dass es schon der dritte Luftangriff der Deutschen in dieser Woche sei. Erst bombardierten die Amerikaner die Stadt, um die Deutschen zu vertreiben, nun war es umgekehrt. Die elenden Gestalten, die Kruse in der ersten Nacht sah, als er in dem unterirdischen Gewölbe ankam, waren keine Gespenster. Es waren diejenigen, die keine Bleibe in der Stadt hatten, oder jene, die durch die Folge der Angriffe alles verloren hatten und nun keinen anderen Weg wussten, das bisschen Leben unter der Haut zu retten, indem sie sich in der alten griechischen Unterwelt der Stadt verkrochen.

Der Angriff dauerte eine halbe Stunde, dann wurde Entwarnung gegeben. Schimpfend und gestikulierend verließen die Menschen die Keller und Hauseingänge. Immerhin hatte der Bombenalarm das Aussetzen der Sperrstunde zur Folge. Eine Gruppe von Hilfspolizisten bemühte sich, den stockenden Verkehr wieder in Gang zu bekommen. Die enge Straße war heillos verstopft. Heimkehrende Händler mit turmhoch aufgebauten Wagenladungen wurden von eiligen und hupenden Jeeps an den Straßenrand gedrängt. Diese jedoch wurden ausgebremst von den Landarbeitern, die auf Pferdewagen Richtung Stadtausgang strömten. In all dem Gewirr entdeckte Kruse einen von Hand gezogenen Leiterwagen, an dessen Ende etliche Gliedmaßen herausragten. Schweigend machten die Menschen den Leicheneinsammlern Platz und bekreuzigten sich. Als der Wagen vorbeigezogen war, schloss sich die geteilte Masse wieder und bildete einen langen Prozessionszug. An einer Kreuzung hielt der Wagen. Ein Haus war getroffen worden und fast zur Gänze eingestürzt. Jammernd und orientalisch anmutende Klagelaute ausstoßend, standen die Hinterbliebenen vor der Ruine. Die beiden Totengräber verluden drei in Tücher gewickelte Kinderleichen sowie mehrere Brettersärge aus zersägten Türen und Obstkisten, die nur mühsam mit einer Stoffkordel zusammengehalten wurden. Noch nie hatte Kruse derartige Schreie gehört wie die der überlebenden Mütter. Sie galten aber nur zum Teil den toten Kindern. Wie sich herausstellte, waren es auch Schreie der Empörung über die Wucherpreise der Leichensammler. Die Friedhöfe der Stadt waren bereits überfüllt, und täglich würde weiter gestorben, so hieß es, nicht nur in Folge der Angriffe, sondern aus Entkräftung und Hunger, Typhus und Syphilis. Und also war das Geschäft des Beseitigens der Toten eines der Einträglichsten dieser Tage.

Kruse verließ den Ort und nahm den kürzesten Weg zum Hafen. Wenn irgendwo ein Platz für die Nacht aufzutreiben war, dann möglicherweise hier. In der Via Toledo, der großen Geschäftsstraße, die auf direktem Weg zur Opera San Carlo und dem Palazzo Reale führte, war eine Straßensperre aufgebaut. Kruse musste einen Umweg nehmen und geriet in ein dunkles Viertel – jenes, das ihm auf seinem Spaziergang vor zwei Tagen noch als außerordentlich pittoresk erschienen war, nun jedoch einem Ort infernalischen Schreckens glich. Die Gassen waren gesäumt mit Prostituierten jedweder Art. Uralte Frauen standen neben blutjungen minderjährigen Mädchen, die ihren Platz streitig gemacht bekamen von kleinen Strichjungen im gleichen Alter. Etwas weiter oberhalb warteten wenig ältere Jungen, die aber deutlich schon als Männer erkennbar waren und den größten Zulauf an Kundschaft zu haben schienen. Vor allem amerikanische Soldaten sah man unter den Freiern, Männer in tadellos gebügelter Uniform. Männer, die ihre Ware genauestens prüften, ihr in den Schritt griffen, die Zähne begutachteten. Innerhalb weniger Minuten sah Kruse vier Männer, die eine Frau in einem Hauseingang vergewaltigten; streunende Kinder, die einer Katze die Augen ausstachen, während eine Frau den Schädel eines Mannes zu Brei drosch, immer und immer wieder schlug sie den schmatzenden, ächzenden Kopf auf das Pflaster; betrunkene Matrosen zünden einen Kameraden an, der als lautlose Fackel durch die Straßen rannte; ein bildschönes Mädchen saß auf einer Steintreppe und schnitt sich mit einem stumpfen Rasiermesser die Haare ab; halbwüchsige Jungs onanierten auf eine Kinozeitschrift; ein komplett zahnloser Greis lächelte idiotisch, das Maul weit aufgerissen; an einem Laternenpfahl schaukelte ein Erhängter im Wind, mit dem Kopf nach unten; unmittelbar daneben ließ ein englischer Matrose von einem vielleicht Zwölfjährigen sich einen blasen.

Kruse rannte fort, Leute aus dem Weg stoßend, die ihm in die Quere kamen. Zwischendurch übergab er sich mehrere Male. Weg, nur weg von hier, und wenn er die ganze Nacht über rennen musste, nur noch weg, niemand sollte ihn aufhalten.

Er war durch die halbe Stadt gerannt, ohne zu wissen, wohin. Am Hafen waren die Straßen mit weiteren Sperren und Passagen versehen. Kruse schlug alsbald einen Haken, rannte eine Gasse weiter, machte am nächsten Kontrollposten halt, nur um den ganzen Weg wieder zurückzulaufen. Irgendwann langte er am San Carlo an. Er kletterte über einen hohen Zaun aus massiven Eisenverstrebungen; der Zaun trennte das Opernhaus vom danebenliegenden Park des Palazzo Reale. Zum ersten Mal seit einer Stunde hielt er inne; Schmerz- und Blendgranaten zündeten in seinen Eingeweiden, seinem Hirn. Wäre der Magen nicht seit Stunden leer und ausgehöhlt, er kotzte sich die Reste seiner Eingeweide aus dem Leib. So stand er, sich mit der Hand an einer Platane abstützend, und röchelte, würgte seltsame tierische Laute aus sich heraus. Die Knie versagten ihm den Dienst, entfesselte Gleisarbeiter hämmerten in seinem Schädel einen irren Takt, und wie in Zeitlupe sank er an dem Baum herab. Bald fiel er in einen tiefen traumlosen Schlaf, hoffend, ebendieser Schlaf würde ein Halbjahrhundert anhalten, ihn in anderer, seiner Zeit aufwachen lassen.

Zunächst hörte er ein Klicken, unregelmäßig, aber immer zweimal hintereinander. Unrhythmisch auch, Eins, zwei, dann eine Pause, dann wieder: eins, zwei. Dann ein Klicken von anderer Art, eins, zwei, Pause, dann viermal hintereinander. Darauf wieder eine Pause. Das Klicken übte allmählich eine beruhigende Wirkung auf Kruse aus. Es klang wie das Knacken kleiner Knochen, die auf eine hölzerne Tischplatte fielen. Oder: wie das Fallen von Würfeln. Blinzelnd öffnete er die Augen. Tatsächlich: Eine Hand ließ zwei Würfel auf ein Brett fallen, eins, zwei, dann eine Pause. Die Hand nahm zwei kleine, runde, schwarze Steine und setzte sie an eine andere Stelle auf dem Brett. Dann wieder die Würfel, daraufhin wechselten zwei weiße Steine den Platz. Kruse öffnete die Augen ganz und richtete sich langsam auf. Sein Körper fühlte sich an, als hätte er die Nacht auf einer mittelalterlichen Streckbank verbracht. Das Mädchen hielt inne und sah Kruse an.

»Buon Giorno, ha dormito bene?«

»Grazie, così così. Lo trovo poco accogliente qui.«

»E cosa sta facendo qua?«

»Sto cercando qualcuno.«

»Qui, in questo posto?«

»Perché no?«

Das Mädchen sprach einen starken Akzent, jedenfalls schien sie keine Italienerin zu sein. Kruse richtete notdürftig sein zerknittertes und verdrecktes Hemd her. Dass sein alter Rucksack immer noch neben ihm lag, kam einem kleinen Wunder gleich. Das Mädchen war ausgesprochen hübsch, aber das wurde ihm erst nach und nach, während der folgenden Minuten bewusst. Sie hatte eine blasse Haut, nur um die Wangen schimmerte ein wenig Rot. Der Morgen war kühl, die Frühlingssonne würde wohl erst im Lauf des Tages ein wenig Wärme verbreiten. Trotzdem trug das Mädchen keine Schuhe. Die langen Beine steckten in einer Hose aus derbem, braunem Cord-Stoff. Darüber trug sie ein weißes Männeroberhemd. Um sich gegen die Kälte zu schützen, hatte sie sich eine rötlichbraune Jacke aus Filz über die Schultern geworfen. Lange braune Haare fielen ihr wirr ins Gesicht.

»Ich dachte mir gleich, dass Sie nicht von hier sind«, sagte lächelnd das Mädchen, »aber wen suchen Sie eigentlich hier, in dieser Hölle? Hier ist niemand mehr, außer den Neapolitanern und den Amerikanern. Und beide sind derzeit nicht besonders gut auf Deutsche zu sprechen, wie Sie sich vielleicht denken können.«

»Und was machen Sie dann hier?«

»Ich«, sie hob die Augenbraue, »ich bin hier hängengeblieben. Hab' den Zug verpasst, wenn man so will. Und langsam beginnt es mir zu gefallen.«

»Wie viele Deutsche sind denn noch in der Stadt?«

»Schwer zu sagen, kaum mehr als eine Handvoll, vielleicht. Hin und wieder werden noch ein paar Soldaten gefunden, die sich in alten Häusern versteckt halten.«

»Und was machen die dort? Warten sie auf die Rückkehr ihrer Kameraden?«

»Nein«, das Mädchen lachte tonlos, »das sind arme Schweine, die ebenfalls den Zeitpunkt zum Verlassen der Stadt verpasst haben.«

Sie schien nicht den leisesten Anflug von Mitleid zu empfinden. Überhaupt sprach sie in einem seltsam unemotionalen Ton, als wäre es eine Schilderung aus lange zurückliegender Zeit.

»Und was geschieht mit denen, den Soldaten, meine ich?«

Das Mädchen fuhr sich mit der Handkante über die Kehle.

»Die Preise sind wieder gefallen. Vor zwei Wochen konnten Sie einen gefangenen deutschen Soldaten noch an die Amerikaner verkaufen. Es gab recht ordentliche Kopfprämien für sie. Die waren auch nötig, man hat ja schließlich auch Ausgaben.«

Kruse legte die Stirn fragend in Falten: »Ausgaben wofür?«

»Die Gefangenen wurden erst eine Zeitlang verpflegt und wieder aufgepäppelt, damit sie nicht gleich nach der Übergabe wegstarben. Das Geld wurde erst nach ein paar Tagen ausgezahlt. Und wenn sie in der Zwischenzeit krepierten, dann gab es eben nichts. Also hat man sie eine Weile recht ordentlich behandelt.«

»Und jetzt?«

»Jetzt müssen Gefangene, egal, in welchem Zustand, sofort den Amerikanern ausgeliefert werden. Und Geld gibt's, wie gesagt, auch keins mehr.«

»Also werden sie gleich hingerichtet, weil die Mühe nicht mehr lohnt?«

»So ungefähr.«

Die Antwort war knapp und vage. Es schien, als hätte das Mädchen die Lust am Thema der Unterhaltung verloren.

»Spielen Sie eine Partie mit? Wir hätten noch eine gute Stunde Zeit. Morgens ist das hier der einzige Ort in der Stadt, an dem man seine Ruhe hat.«

»Und was geschieht in einer Stunde?«, fragte Kruse.

»Oje, Sie sind wirklich nicht von hier«, stöhnte das Mädchen. »Alle Gebäude in der Innenstadt gehören den Amerikanern. Um neun öffnen die Büros der Kommandantur, der Hafenbehörde, des Kriegsgerichts. Gegen zehn werden die ersten neuen Plakate und Verordnungen an die Wände geklebt, dann ist hier die Hölle los. Besser, man ist um die Zeit verschwunden. Es gibt so viele Fragen, auf die man im Zweifelsfalle immer die falsche Antwort hat.«

Das Mädchen baute ihr altmodisches Backgammon-Holzbrett wieder vor sich auf, die weißen und schwarzen Spielfelder waren schlecht und billig gearbeitete Intarsien, die hölzernen Begrenzungsstreifen waren teils gebrochen, teils von Würmern zerfressen. Sie stellte die Steine der Anfangsformation mit der Geschwindigkeit einer geübten Spielerin auf.

»Nehmen Sie Weiß?«

»Wenn Sie wollen.«

Sie würfelten. Kruse eine Fünf, das Mädchen eine Sechs.

»Ich beginne.«

Sie setzte die Fünf und die Sechs, ein denkbar ungünstiger Eröffnungszug. Kruse hatte zwei Zweien und verschaffte sich eine deutlich bessere Ausgangsposition.

»Anfängerglück.«

Nun hatte sie zwei Vieren und rückte tief in Kruses Gefilde ein. Sein nächster Wurf gelang nicht annähernd so gut, und mit dem folgenden des Mädchens hatte er schon zwei Steine eingebüßt, die er wieder neu ins Spiel einwürfeln musste.

»Ich mag dieses Spiel.«

Emphatisch rieb das Mädchen sich die nackten Füße. Sehr große Füße und auch sehr schöne, wie Kruse befand. Freilich nur insofern, wie Füße überhaupt vermögen schön zu sein.

»Es ist doch ein bisschen wie das Leben. Man hat Glück, oder man hat keins, ich habe im Moment wohl keines.«

Kruse hatte zwei Sechsen und musste aussetzen.

»Nein, es ist eine Mischung aus Glück und Überlegung. Sie können dem Glück auf die Sprünge helfen. Sie müssen Mut haben, auch den Mut, im richtigen Zeitpunkt keinen Mut zu haben. Es ist wie im Krieg.«

»Was wissen Sie vom Krieg?«, fragte Kruse. Er ließ die Würfel fallen und hatte wieder zwei Sechsen. Das Mädchen sah ihn fassungslos an.

»Es ist Krieg!« Sie schien geradezu empört über die Ahnungslosigkeit des Mitspielers. Mit einer Drei und einer Fünf besetzte sie ein weiteres Feld des Gegners. »Haben Sie denn nichts von den Angriffen mitbekommen? Seit Wochen und Monaten geht das schon, beinahe täglich. Hier wird gestorben, dass der Himmel Standgerichte einrichten muss. Wer bist du? Wer warst du? Was hast du gemacht? Gut, ab in die Hölle, der nächste bitte.«

»Ich weiß, ich habe es erlebt«, räumte Kruse ein. Endlich war er wieder im Spiel.

»Aber warum bombardieren die Deutschen die Stadt? Der Krieg ist doch ohnehin verloren.«

»Das sagen Sie, das wissen Sie, und ich weiß es auch. Aber am Ende geht's um das Prinzip. Wochenlang haben die Amerikaner die Stadt angegriffen, jetzt sind sie hier eingezogen mit Tamtam, und nun sind die anderen dran.«

Mit dem nächsten Zug hatte sie wieder einen von Kruses weißen Steinen ins Aus befördert.

»Ich glaube, es geht nur um Rache«, meinte sie mit einem Hauch Resignation in der Stimme.

Ein blutig aufragendes ›A‹ schien sich in den Himmel zu bohren.

»Die Neapolitaner waren nicht gerade freundlich zu ihren Besatzern, zumindest, als sie gemerkt haben, dass wir hier nicht mehr lange etwas zu melden haben«, sinnierte sie. »Immerhin haben sie die Deutschen, also uns, ohne fremde Hilfe vertrieben.«

Das Mädchen zog die Beine an und grub das Gesicht in die Hände. Sprach- und bewegungslos verharrte sie einige Minuten so. Kruse hielt die Würfel in der Hand und bemerkte, wie seine Finger nass wurden. Er schwitzte die Ahnungslosigkeit aus sich heraus, den Schweiß der Angst desjenigen, der nicht hierher gehörte. Der morgendliche Himmel zog sich langsam mit dreckigen Flecken zu und war durchsetzt wie eine fettige Tischdecke. Ein Wind zog vom Meer auf. Nahezu tonlos, wie aus der Tiefe der Erinnerung, das Gesicht noch immer in den Händen vergraben, begann das Mädchen zu reden. Die Stimme hatte einen besonderen Klang, vielleicht auch nur, weil sie die Hand so dicht vor dem Mund hielt.

›Die Dinge geschehen nicht ohne Absicht‹, dachte Kruse. ›Nicht ein waltendes Schicksal spinnt Fäden, die einen urplötzlich umgarnen, einspinnen, einfangen. Man sieht das Unheil stets kommen. Mehr noch, man tut so manches dafür, dass es einen auch ja nicht verpassen möge. Von der lass die Finger, rät die innere, so weise Großmutter, du tust dir weh.‹ Er ließ nicht. Tat wohl auch nicht das Gegenteil, aber es war da, und mit traumgleicher Sicherheit bewegte es sich auf ihn zu, präzise und genau wie ein chirurgischer Eingriff. Sich sehenden Auges und wissenden Schädels ins scheinbar Unvermeidliche fügen, darin hatte Kruse Talente im Überfluss.

»Wollen Sie's denn unbedingt wissen?«

Kruse schwieg, dachte an Jasper – und freilich, dem hatte er auf irgendeine Weise zu danken, was ihm jetzt widerfuhr. Hätte er Grund gehabt, mit den Dingen zu hadern? Er hatte es so gewollt, hatte sich in die Geschichte von Mathilda, Lucalino und den anderen hineinbegeben wie in einen polizeilich gesperrten Raum; sollte er den Tag der Entgegennahme des Nachlasses seines Onkels verdammen? Und wenn er es denn täte, was würde es es ihm nun helfen? Sollte er die Reise nach Zürich verfluchen, die herbeigezwungene Begegnung mit Jasper, den nächtlich obsessiven Gang über den Lindenhof in die besagte Telefonzelle? Es war zu spät, in allem zu spät. Er wurde ein Teil dieser Geschichte und war sich der Verantwortung seines Tuns nicht zur Gänze im Klaren. Vielleicht könnte er dennoch den Gang der Ereignisse beeinflussen; und wenn er dies denn täte – mit welchem Zweck würde er es tun, von den Folgen gänzlich zu schweigen? Ja schweigen. Was sollte er anderes tun.

»Ja, lieber Herr, so ist es wohl. Alle, die wir hier gestrandet sind, tragen einen Fluch mit sich herum. Es ist wie ein Makel, eine Sache, die man nicht abwaschen kann. Man ist verflucht, im Paradies zu leben; ein Paradies, das sich über Nacht in die Hölle verwandelt hat. Komisch, bei Goethe finden Sie nichts darüber. Und er hat so schön über Neapel geschrieben, man kann's immer wieder lesen. Nur hat es nichts, aber auch gar nichts zu tun mit jenem Neapel, in dem wir gelandet sind. Man darf es wohl nicht unterschätzen, es kann einen umbringen. Wir alle haben es wohl getan, und genau deshalb müssen wir wohl auch dafür büßen. Es ist schade – ich bin gerade erst einmal zwanzig. Aber auf mich wird wohl keiner eine Wette abschließen mögen. Sind Sie wirklich sicher, dass Sie's wissen wollen. Ich kenne Sie nicht, Sie kennen mich nicht. Sie sagen, Sie suchen jemanden. Dann tun Sie's doch, verdammt. Gehen Sie los. Es ist ohnehin nicht viel Zeit mehr. Besser, Sie gehen dahin, woher Sie gekommen sind. Vielleicht finden Sie einen Weg aus der Stadt. Irgendwie kommt man immer raus, wenn man denn weiß, wohin man will. Glauben Sie mir, es ist besser, Sie gingen.«

Kruse vermied es, zu antworten.

»Ich weiß nicht, was Sie hier wollen und wer Sie sind. Und es ist besser, man lässt sich in diesen Tagen mit Fremden nicht ein. Die Stadt wimmelt von Spitzeln, und ich habe keine Legitimation für meinen Aufenthalt. Ich bin eine Besiegte. Und wer Sie sind, ist mir egal.«

Sie packte das Spielbrett zusammen, ein paar Steine flogen herab. Kruse half ihr beim Zusammensammeln.

»Lassen Sie das!«, fuhr sie ihn an. »Fassen Sie nichts an. Ich kann das alleine.«

»Hören Sie«, Kruse fand mühselig die Sprache wieder, »ich möchte nicht, dass Sie jetzt gehen. Sie haben Recht, ich habe keine Ahnung, komme von etwas weiter her, ich kenne mich hier nicht im Geringsten aus. Weiß nicht, was man darf oder soll, geschweige denn, wohin ich gehen soll. Ich habe Sie heute Morgen hier getroffen, nachdem ich die halbe Nacht durch die Stadt gerannt bin. Ich habe Dinge gesehen, die man sein Leben lang nicht mehr vergisst. Sie sind im Moment der einzige Mensch, der mir helfen kann. Ich bitte Sie: Gehen Sie nicht. Nicht jetzt. Können wir nicht einfach reden, immer weiter reden, bitte?«

Sie hatte die restlichen Steine in einem kleinen Stoffsäckchen verstaut. Schaute Kruse von der Seite an. Kruse versuchte dem Blick standzuhalten. Es ging um mehr als um die Frage, wer jetzt zuerst aufbräche. Auch wenn ein Leben dieser Tage nicht eben viel wert war, so war ihm das seine um einiges wertvoller geworden seit seiner Ankunft hier. Eine Zeitlang starrten sie sich an, jeder erschien dem anderen wie ein Wesen von einem anderen Stern. Sie hob resignierend die Schultern.

»Gut. Aber nicht hier. Es ist schon spät. Wir müssen los. Haben Sie Hunger?«

Hunger war kein Ausdruck für das, was Kruse empfand. Krämpfe schüttelten ihn beim Gedanken an ein Stück Brot.

»Ja, ein wenig könnte ich vertragen«, log er.

»Schade, dass wir in der ganzen Stadt keinen Kaffee bekommen. Ich habe noch Wein, vertragen Sie den am Morgen? Etwas zu essen hab' ich auch, Sie werden's schon überleben. Kommen Sie.«

Sie erhob sich und ging zum Ausgang des Parks, Kruse folgte ihr mühsam. Vorsichtig blickte sie sich um, hielt nach eventuellen Straßenkontrollen Ausschau.

»Am besten, wir gehen durch die Galleria. Da ist viel los am Morgen. Man fällt dort weniger auf.«

Sie durchquerten die Flaniermeile besserer Tage. Kein einziges Geschäft war geöffnet. Die meisten Läden waren mit Holzbrettern vernagelt. Einige standen offen und waren geplündert worden. Wie tote Riesenfische starrten sie Kruse an – Mäuler, denen die Zähne entrissen waren, die nur mehr stumpf und tot einem Schicksal entgegenstarrten, das längst nicht mehr ihres war. Danach wanderten sie wie durch ein aberwitzig anmutendes Geflecht von Gassen, bald eine halbe Stunde lang. Straßen, die Kruse noch nie gesehen hatte. Grausam zugerichtete Häuser, aber dennoch mit geschäftigen, nicht eben unglücklichen Menschen durchsetzt. Auch dies eine Logik des Krieges im Süden. Sobald die Angriffe vorbei waren, die Leichen entsorgt, so schien das Leben, was nichts weiter bedeutete als das tägliche Überleben, seinen Lauf und Gang zu nehmen. Hier und da war sogar ein Lachen zu hören. Sie kamen in San Lorenzo an. Die Straßen waren um ein Weniges breiter, auch schien der Terror hier nicht so sehr gewütet zu haben.

»Kennen Sie den alten Englischen Friedhof?« Es war das erste Wort, das sie an Kruse richtete während der Wanderung. Er schüttelte den Kopf.

»Es ist ein ganz brauchbarer Ort. An und für sich ist es ein protestantischer Friedhof, aber von Engländern eingerichtet. Halt ein Ort für die Minderheiten in der Stadt. Seit fünfzig Jahren wird hier aber niemand mehr begraben, die Gräber existieren noch, aber es kümmert sich niemand darum. Und selbst jetzt bei der derzeitigen Knappheit ist noch niemand auf den Gedanken gekommen, hier ein paar Leichen einzubuddeln. Man schleppt sie lieber raus aus der Stadt, um sie irgendwo oben zu verscharren. Willkommen in der einzigen exterritorialen Zone der Stadt Neapel!«

Das Mädchen nahm Kruses Rucksack und warf ihn über eine Mauer. Dann stieg sie behände auf einen Vorsprung in der Umrandung des Friedhofs und setzte mit einem forschen Satz auf der anderen Seite auf. Kruse folgte ihr, etwas weniger gewandt. Sie betraten ein eingezäuntes Areal von der Größe eines Fußballfeldes. Eine kleine verwilderte Allee zur linken Seite hin, ein paar Bäume standen klaglos herum, wild und üppig wucherndes Gras übersäte den Platz. Feuerstellen und Spuren eines Camps waren zu sehen, Müll, leere Flaschen, Essensreste, Decken und allerorten menschliche Exkremente bildeten eine seltsame Kulisse. Im hinteren Teil des Friedhofs statuenhafte Grabmäler aus weißem Marmor, vielleicht sechs oder sieben an der Zahl. Vor einem dieser Gräber, einem hausähnlichen Gebilde, versehen mit der Inschrift »Martha and Mary«, blieb das Mädchen stehen.

»Da sind wir, hier wohne ich. Was Sie dort vorn gesehen haben, sind die Wohnstätten der Passagiere zweiter Klasse. Dies hier sind die Luxusappartements. Ein Engel mit abgebrochenem Flügel zierte den Eingang. Martha und Mary, ich finde, das passt zu mir.«

Kruse fragte sie nicht, warum. Wenn es von Wichtigkeit war, so würde er es schon erfahren.

»Helfen Sie mir mal!«

Das Mädchen stemmte den gebrochenen Engel zur Seite, Kruse fasste mit an. Eine kleine Treppe wurde sichtbar, sechs Stufen, die in eine Art Katakombe führten. Sie stiegen hinab. Ein Geruch von Medizin und Chemie stieg ihnen entgegen.

»Es stinkt ein wenig nach Desinfektion. Aber das ist nötig, um das Ungeziefer und die Ratten zu vertreiben.«

Kruse murmelte etwas in der Art, es mache ihm nichts, er rieche ohnehin nicht besonders gut. In der Tat war der Gestank bestialisch. Sie betraten einen winzigen Raum, vielleicht fünf oder sechs Quadratmeter. Das Mädchen zündete eine Kerze an. Sie erleuchtete den Raum und die zwei steinernen Särge, offenbar die letzten Ruhestätten von Martha und Mary. Dazwischen eine Matratze, von einem blauen Laken überdeckt. Gleich neben dem Eingang stand das Tischchen mit der Kerze und einem Marienbild. An der Wand rechts neben Mary hing ein kitschiger Neapel-Stich, zeigend den Vesuv und den Golf, gemalt aus der Perspektive des Castel Sant'Elmo. Neben dem Grab von Martha hing ein Bild, das mit etwas Phantasie an die Stiftskirche von Wittenberg erinnern konnte. Kruse betrachtete es eingehender.

»Ein Geschenk«, antwortete sie. »Nun setzen Sie sich schon.«

Langsam gewöhnte er sich an den die Sinne betäubenden Gestank in der Katakombe, dem Wohnraum des Mädchens. Sie wickelte aus einer alten Zeitung ein paar Stücken Brot und Schinken, holte aus einer Ecke des Raums eine angebrochene Flasche Rotwein, goss in zwei Gläser eine Neige und baute das provisorische Mahl auf dem Tischchen auf.

»Bitte, langen Sie zu.« Sie prostete ihm mit dem Glas zu, leerte es in einem Zug.

Kruse biss in den harten Kanten Brot und würgte ihn herunter, erst dann traute er sich, sein Glas ebenfalls zu erheben. Der Wein war warm und schmeckte schauderhaft.

»Schon über zehn Jahre bin ich jetzt hier. Mein Vater war Ingenieur und sollte für eine italienische Stromgesellschaft einige Aufträge hier in der Gegend ausführen. Es ging um die Versorgung der Vorstädte mit Elektrizität, ein groß angelegtes Programm, mit dem Mussolini sich die Bevölkerung gefügiger machen wollte. Ein paar deutsche Techniker reisten an, stellten

Baupläne und Kalkulationen zusammen, um die Ausführung dann den Italienern zu überlassen. Natürlich hat das dann alles nicht geklappt, und ein halbes Jahr später sollte er noch einmal hierherreisen, um die Arbeiten anzuleiten und zu überwachen. Das war 1934. Ich war noch ein Kind, und deshalb hat man mich auch nicht gefragt, ob ich mitwolle. Meine Eltern haben es so entschieden. Die Wohnung zu Hause wurde über den Sommer ausgeräumt und mit dem Schiff nach Neapel gebracht. Ich war derweil in den Sommerferien bei einer Tante in Ostpreußen. Als ich zurückkam und die Schule wieder beginnen sollte, hieß es nur, dass ich ab sofort in Italien zur Schule ginge. Mit dem Zug sind wir über Rom hierhergekommen. In Rom haben meine Eltern den ganzen Papierkram erledigen müssen; wir sind zwei Tage dort geblieben. Ich war viel allein im Hotel. Außerdem kann ich mich überhaupt nicht mehr an die Zeit erinnern, nur dass es irrsinnig heiß war in jenem Sommer. Ende August haben wir unsere Wohnung im Vicolo Scassacocchi bezogen. Sie war viel kleiner als die zu Hause. Die meisten Möbel mussten wir verkaufen, aber ich hatte immerhin ein eigenes Zimmer, nicht viel größer als das hier. Vater arbeitete bei der italienischen Gesellschaft, und meine Mutter fand eine Anstellung beim deutschen evangelischen Kulturdienst. Sie gab dort Zeichenunterricht für gelangweilte Industriellentöchter. Damals gab es noch eine deutsche Schule in Neapel. Die erste Zeit bin ich ganz gerne dorthin gegangen. Man war unter sich. Ich hatte eine Freundin dort, ihr Vater war auch bei der Stromgesellschaft angestellt. Wenn wir zusammensaßen, haben wir uns immer Dinge vorgestellt, die es hier nicht gibt: Schneemänner, Wollhandschuhe, Leberwurstbrote und so Sachen. Zu den Italienern hatten wir kaum Kontakt. Eine Bauersfrau aus Kalabrien kam einmal die Woche zu uns, die Wohnung herzurichten. Und als ich so vierzehn, fünfzehn wurde, lief mir der Sohn unserer Nachbarn hinterher. Er wollte mich zum Tanzen mitnehmen, aber das hätten meine Eltern sowieso nicht erlaubt. Ich weiß nicht mehr, wie das Leben damals war. Wahrscheinlich schön, die Sommer heiß, die Winter mild. Im Frühling sind wir oft nach Capri und Ischia gefahren, manchmal sogar ein paar Tage dort geblieben. Im Meer konnte man stundenlang schwimmen und die Sonnenuntergänge sind wirklich berauschend. Aber eigentlich habe ich keine Erinnerung mehr an die Zeiten vor dem Krieg. Im Winter '42 sind dann deutsche Soldaten in die Stadt eingezogen. Wenig später haben die Bombardierungen der Amerikaner begonnen. Die Stadt war im Ausnahmezustand. Es gab jeden Tag Verhaftungen, und die Lebensmittel wurden knapp. Als Deutsche waren wir privilegiert und bekamen Sonderrationen, aber auch die wurden immer spärlicher. Ab dem Herbst trug Vater eine Wehrmachtsuniform. Alle kriegswichtigen Unternehmen waren ab sofort einer Sondereinheit unterstellt. Er hat weiter gearbeitet wie bisher, nur eben als Soldat. Immerhin musste er nicht an die Front. Die wenigen Kontakte zu den Italienern, die wir hatten, versandeten vollends. Selbst die Kalabresin kam eines Tages nicht mehr. Mutter wollte gern heim nach Deutschland, aber wenn wir Nachrichten von dort bekamen, hieß es immer, es sei besser, wir blieben hier. Zumindest solange wie der Krieg dauert. Im Frühjahr '43 ist Mutter gestorben, innerhalb weniger Tage. Man hat sie in ein Wehrmachtskrankenhaus in Capodimonte gebracht, aber die Ärzte konnten nichts mehr für sie tun. Sie haben sie aufgeschnitten und sofort wieder zugenäht, weil der Krebs schon gestreut hatte. Wir haben sie oben in Posilippo begraben, das war ihr Lieblingsplatz. Früher hat sie mich manchmal mitgenommen dorthin und wir haben das Meer gezeichnet. Am Grab habe ich gesungen für sie. Es kamen nur wenige Leute, die meisten in Uniform, Kollegen und Kameraden von Vater. Mit ihm habe ich mich nach Mutters Tod nicht mehr gut verstanden. Er sprach kaum noch ein Wort, ging morgens sehr zeitig los und kam spätnachts wieder, meist betrunken, manchmal mit anderen Weibern, die er in einem Offizierscasino aufgegabelt hatte. Zu der Zeit habe ich schon gearbeitet. Wissen Sie, ich singe als Aushilfe im Chor des San Carlo. Bei den Proben darf ich hospitieren, auch wenn der Chor gar nicht benötigt wird. Einmal durfte ich sogar eine kleine Partie mitstudieren, vor einem halben Jahr. Ich habe für die Gräfin Ceprano im »Rigoletto« vorgesungen, eine kleine Partie nur, aber ich war sehr stolz. Ich war jeden Tag im Opernhaus. Mit »Rigoletto« sollte die neue Saison eröffnet werden. Sie haben vor dem Sommer mit den Proben begonnen, die Premiere war für den ersten Oktober angesetzt. Dazu ist es dann nicht mehr gekommen, weil der Aufstand begonnen hatte.

Es hatte schon einmal eine Revolte gegeben im September. Viel habe ich davon nicht mitbekommen. Sie hatten den Jungen aus unserem Haus verhaftet wie viele andere auch, er war aber geflüchtet und hielt sich auf dem Dachboden versteckt. Dort habe ich ihn einmal gesehen, und er hat mir zugeflüstert, es würde nicht mehr lange dauern, und dann wären wir dran. Und wenn ich ihn verraten würde, schnitte er mir augenblicklich die Kehle durch. Ich war so erschrocken, dass ich nicht einmal meinem Vater davon erzählen konnte. Es dauerte auch nur wenige Tage, bis der Aufstand von Neuem ausbrach. Sie hatten wieder einmal eine Menge Leute verhaftet und fuhren sie auf Lastwagen durch die Stadt. Keine Ahnung, ob es irgendein verabredetes Zeichen gab oder ob es ganz spontan passierte. Der Konvoi mit den

Gefangenen wurde von einer aufgebrachten Menschenmenge in der Via Toledo gestoppt. Die Begleitsoldaten schossen wahllos auf die Menschen, aber es waren so viele, dass es sich nicht lohnte, sie abzuknallen. Aus den Fenstern und von den Dächern warfen die Menschen mit allem, was sich als Geschoss verwenden ließ. Die deutschen Wachsoldaten wurden von Ziegelsteinen und Blumentöpfen erschlagen, Bettgestelle flogen auf die Autos. Man zerrte die paar, die noch lebten, über die Straße in kleine Seitengassen und hat sie zusammengeknüppelt mit Holzlatten und Türklinken. Ein paar Waffen hatten die Neapolitaner erbeutet, mit denen haben sie auf die Patrouillen geschossen, die sich dann schnell in die Kommandanturgebäude verzogen hatten. Am Abend hatte sich die Lage scheinbar beruhigt, doch in der Nacht brannten die ersten Häuser. Vor allem Kinder und Frauen waren am Aufstand beteiligt. Kleine zehnjährige Jungen sind mit brennenden Strohballen durch die Straßen gerannt und haben alles angezündet, was deutsch war. Am nächsten Tag ist das Elektrizitätswerk explodiert. Mit erbeuteten Handgranaten haben sie es in Schutt und Asche gelegt. Die Zufahrtsstraßen in die Stadt waren mit Barrikaden versperrt, es kam kein Nachschub oder Entlastungskommando mehr herein. Die Soldaten waren buchstäblich eingekesselt. Zwei Tage lang bin ich nicht aus dem Haus gegangen aus Angst vor den Schüssen. Am dritten Tag hat der Nachbarssohn, der mich ein paar Jahre vorher noch zum Tanzen mitnehmen wollte, die Tür eingetreten, stand betrunken im Flur und hat mich angebrüllt, sie hätten meinen Vater. Er hat gegrölt und gelacht, so ein widerliches Lachen aus ganz tiefer Kehle. Mit einem Küchenmesser hab' ich ihm gedroht, er solle verschwinden und mir nicht zu nahe kommen. Dann bin ich durch die Straßen gerannt wie eine Irrsinnige, um meinen Vater zu suchen. Überall lagen Leichen von Soldaten und Zivilisten herum. Es wurde die ganze Nacht geschossen. In der Nähe des Offizierscasinos an der Piazza Dante habe ich einen Kollegen von Vater getroffen. Er war schwer verletzt und trug einen Verband um den Kopf. Er hat mir gesagt, ich solle so schnell wie möglich verschwinden, mich irgendwo verstecken. Aus der Stadt käme ich sowieso nicht mehr heraus. Und außerdem sei ich jetzt allein für mich verantwortlich. Ich hatte es nicht verstanden, was er meinte und fragte nach Vater. Den Blick werde ich nie vergessen. Er schaute mich an und legte mir die Hand auf die Schulter. ›Man hat deinen Vater gefunden in der Via Nicola.‹ Sie hatten ihm Kupfernägel in den Schädel geschlagen. Der Ziegelstein, mit dem das passierte, lag noch blutverschmiert daneben.

Das war vor einem halben Jahr. Seitdem fühle ich nichts mehr, keine Angst, keinen Schmerz, weder Hunger noch Müdigkeit, schon gar keine Hoffnung. Ich lebe hier auf dem Friedhof. Das ist das Einzige, was man über mich sagen kann. Das Einzige, was Gewissheit hat. Nur eine leere Hülse bin ich noch. Vielleicht für andere ist da etwas. Ja, wahrscheinlich ist es das, was meiner Existenz noch eine Art Berechtigung gibt. Die anderen, sie schlagen sich den Wanst voll mit mir. Bestimmt nicht mehr lange, dann haben sie sich überfressen, sind meiner überdrüssig. Man wird ja auch älter, in Zeiten wie diesen sogar noch ein bisschen schneller, fürchte ich. Ich will nicht warten, bis die anderen den Appetit verloren haben. Aber ich habe mir ja nichts zu wünschen, weil ich nichts fühlen kann, nichts fühlen darf. Ich habe nicht einmal Lust, mit ihnen zu schlafen, und natürlich tue ich es doch. Mit einem, irgendeinem mitgehen, ja, vielleicht würd' ich es sogar tun. Aber wohin? Da ist ja nichts. Manchmal denke ich, ich werde hier krepieren, vielleicht ein wenig früh. Aber für irgendetwas ist alles gut, und nur, weil ich es nicht verstehe, heißt das noch lange nicht, dass es keinen Sinn hat. Sie wollten es wissen. Der Wein ist alle. Jetzt hätte ich lediglich Kirschlikör.«

Im Moment, da er antworten wollte, nach einem Wort suchte, verflüchtigte sich die Gestalt, die Kulisse, alles, was er eben noch als gegenwärtig empfand. Kruse öffnete den Mund, aber es kamen keine Laute zustande. Und wenn sie es denn täten, so hätten sie denjenigen, dem sie galten, längst nicht mehr erreicht. Er hatte sie gefunden, der Hinweis auf den Kirschlikör gab ihm letzte Gewissheit. Aber sie war fort. Wohl möglich, für immer. Kruse torkelte wie ein Betrunkener über den Friedhof. Kinder spielten, Hundebesitzer ruhten sich auf Parkbänken aus. Niemand schien ihn zu bemerken oder von seinen kuriosen Verrenkungen irritiert zu sein. Es wurde hell und heller. Und bunt, viel zu bunt. Die Augen brannten ihm wie mit Benzin ausgegossen.

»Das ist der Anrufbeantworter der Künstleragentur Bebel, wir sind im Moment nicht erreichbar, bitte sprechen Sie nach dem Ton.« *Dort in der Stille, du Holde, will ich / Dich suchen, oder wenn in der Mitternacht / Das unsichtbare Leben im Haine wallt, / und über mir die immerfrohen / Blumen, die blühenden Sterne, glänzen, / O du des Äthers Tochter! / erscheine dann / Aus deines Vaters Gärten, und darfst du nicht, / Ein Geist der Erde, kommen, schröck, o / Schröcke mit anderem nur das Herz mir.*

Den Abend auf Capri verbrachte Kruse an der Bar eines Hotels, naturgemäß eines sündhaft teuren Hotels, denn es gab deren solche ausschließlich auf der Insel, in Begleitung eines Glases Martini, das sich – wie von wundersamer Hand – stets aufs Neue zu füllen schien. Das Wunder hieß schlicht Ancelotti und war seit Februar letzten Jahres als Barkeeper angestellt. Kruse hegte Zweifel an der Seriosität des Hotels angesichts eines derart auf Umsatz und Trunkenheit der Gäste versessenen Barkeepers, der dazu den Namen einer Wurze aus Puccinis »Tosca« trug, was ihn über die Maßen hinaus verdächtig machte. Alsbald ließ er, Kruse, sein Glas stehen und machte einen Spaziergang der Abendsonne halber. Der eigentliche Grund seines Verweilens auf Capri bestand im Wunsch der Erfahrung, die Insel einmal ohne Tagestouristen gewahr zu werden; und die bereichern die Insel täglich in Stärke der Einwohnerzahl einer mittelgroßen deutschen Stadt. Das Besondere dieser Tatsache bestand darin, dass all diese Menschen spätestens mit der Acht-Uhr-Fähre die Insel wieder verlassen hatten, man also mit den Reichen, Schönen und sonst wie Öden dieses Ortes allein war und ein ganz klein wenig sich ihnen zugehörig fühlen durfte. Kruse sollte es beim Verlassen des Hotels an einer geharnischten Cocktailrechnung merken.

Er hatte sich einen Felsplatz erkoren, von dem aus er – napoleonesk – dem Sonnenuntergang vom Hügel herab beizuwohnen gedachte. Gestärkt und unternehmungslustig, nicht zuletzt dank der *Martini*-Erfrischungen an der Hotelbar, erklomm er den bereits vormittags erspähten Felsklumpen. Allein die Abwesenheit der Sonne bemerkte er nicht, beziehungsweise bemerkte er recht spät, nämlich dann, als sie schon fast versunken war, allerdings nicht an der vorbezeichneten Stelle, sondern in seinem Rücken, hinter einer Felswand, die zu erklimmen ihn mindestens eine dreiviertel Stunde gekostet hätte. Kruse stand, bei aller Liebe zur Selbststilisierung (sogar einen Taschen-Hölderlin hatte er dabei, falls der Kitsch ihn zu übermannen drohte), auf der falschen Seite der Insel, der sonnenabgewandten. Die Situation war nicht mehr zu retten. Er musste sich beeilen, um noch bei halbwegs annehmbaren Lichtverhältnissen zum Hotel zurückzugelangen.

Schmachgebeugt kroch er ins Bett. Es dauerte lange, bis ihm ein leichtes Grinsen über die Gesichtszüge glitt. ›Es sind wohl die erhabenen Dinge im Leben‹, dachte Kruse, ›die uns stets ins Lächerliche geraten.‹

Als er von seinem Capri-Ausflug nach Neapel heimkehrte, telefonierte er kurz mit Alina, die ihm lapidar sagte, dass die Mama jener Schweizer Sirene, in welche er seinerzeit, das heißt, vor einer Ewigkeit verliebt war, gestorben sei. Alina war eine eifrige Zeitungsleserin, im Übrigen studierte sie Kruses Aufzeichnungen aufs Genaueste; und so war es nicht weiter schwierig für sie, einen Zusammenhang herzustellen, den sie Kruse schleunigst kundgab.

Denn, immer wieder, immer noch: Es gibt Tage, da möchte man das Leben einfach nur los sein. Nichts weiter. Es nur einfach los sein. Es gibt Nachrichten, deren Verkündigung zieht einem mit eisiger Hand den Herzmuskel zusammen. In Bamberg, auf einer Eisenbahnertagung, hatte er davon erfahren, dass die Mama jener Schweizer Sirene erkrankt, schwer erkrankt sei. In einem jener museumsreifen Gotteshäuser hatte Kruse Station gemacht und einem Organisten ergriffen gelauscht, wenngleich dieser mit nichts anderem beschäftigt war als die Geläufigkeit der Finger in der eiskalten Winterluft Bach-Präludien-halber auf Betriebstemperatur zu bringen. Wahrscheinlich war es nicht einmal Bach, das halluzinierte Kruse sich jetzt im Nachhinein zurecht, meistens üben diese Orgelknechte ja Karg-Elert oder ähnlich gelagerte Fälle musikalischer Unverdaulichkeit. Doch in einer Kirche in Bamberg mag einen selbst dies übermannen. Um nicht ganz und gänzlich der schweren Süffigkeit der Wehmut zu verfallen, beschloss Kruse, jener Mama der Sirene aus Zürich eine Kerze anzuzünden. Tat es und versuchte, mit seinem Gott in Person des ihn stellvertretenden Sohnes (ein schmucker Bursche mit langen schwarzen Locken, malerisch lächelnd ans Kreuz drapiert) einen Handel abzuschließen. Dieser Handel war denkbar einfach, wie eben große Händel meistens einfach strukturiert waren. Er besagte kurz, wenn es möglich sei, Wunder zu tun, wie so oft schon geschehen, dann bitte, möge ER doch das Leben der Mama verschonen, bis auf weiteres jedenfalls. Im Gegenzuge versprach Kruse, künftighin von der Sirene zu lassen. Ein simpler Handel, nun ja, für Kruse ein Kraftakt, wie selten im Leben einer vollbracht wurde. Aber Akte der Kraft, die aus der Verzweiflung rühren, sorgen selten für gute Haltungsnoten. Nun war sie gestorben, und ER hatte sich nicht an die Vereinbarung gehalten. Als Kind hatte Kruse einmal in der Kirche gehockt, schluchzend und sich die Seele aus dem Leib flennend. Der Casus lag etwas einfacher, es ging um ein Weihnachtsgeschenk, dass er von seiner älteren Schwester erwartete. Mit selbiger stand er auf Kriegsfuß seinerzeit. Im Angesicht des nahenden Weihnachtsfestes war er gewillt, ihr zu vergeben mit dem Großmut seiner acht Jahre. Vorausgesetzt, er würde das erwartete Geschenk erhalten. Nicht wissend, wie er sich zu verhalten hätte, suchte er im Anschluss an den Religionsunterricht die Zwiesprache mit dem Jesusmann am Kreuz. Der Handel besagte, ER, der Jesusmann, möge einmal kurz mit dem linken Auge zwinkern, wenn Kruse das Geschenk erwarten dürfte. Ohne an diesen fundamentalkatholischen Unfug wie bluttränende Marienstatuen zu glauben, beschwört Kruse auch heute noch, wissend um die vermeintliche Unsachlichkeit des vorliegenden Falles, dass der Jesusmann, deutlich sichtbar für alle Anwesenden (außer Kruse noch der blinde Küster der St.-Norbert-Kirche) mit dem linken Auge gezwinkert hat. Damals galten offenbar Verträge noch etwas, selbst wenn sie mit Kindern abgeschlossen waren. Nicht so sehr die Verletzung einer Vereinbarung mit Gott schmerzte Kruse heute. Mehr die Sinnlosigkeit all dessen, was man will und glaubt, diese grundvergessene Hilf- und Haltlosigkeit, ortlos, wortlos … Kruse ging in sein Hotel, legte nicht einmal die Krawatte ab, warf sich aufs Bett und fing an zu heulen, ohne Tränen und stumm. Bis er wusste, es sei nun genug. Dann stand er auf, wusch sich das Gesicht. Ging einen *Martini* trinken. Es wurden ihrer vierzehn, ein formidabler Vollrausch, nun gut. Und abermals erschien ihm das Bild Mathildas. Jene Begegnung mit einer zwanzigjährigen Variante einer tragisch anmutenden Familiengeschichte, derenthalben er hierhergelangt war. Er wusste sich keinen Rat. Nicht ein noch aus, nicht im Hier noch im Woanders. Verstrickt bis auf die Knochen.

Auf dem Heimweg rief Kruse mehrmals die Agentur Bebel in Wittenberg an und lallte Unzusammenhängendes über das Wesen des Todes auf den Anrufbeantworter. Später begegnete er noch Asif, dem syrischen Flüchtling. Der hatte eine neue Geschichte und wollte deren Wirkung an Kruse ausprobieren. Der Zeitpunkt war ungünstig gewählt, Kruse hätte Asif gerne ein paar aufs Maul gehauen, seine Koordinationsfähigkeit hingegen langte lediglich für ein paar luftrudernde Bewegungen, beigesellt ein paar unverständliche Verwünschungen aus Donizetti-Opern. Sein Leben kam ihm vor, als hätte irgendjemand ihm die Bilder vertauscht, einen ganzen Film ausgewechselt – falsche Bilder zum fehlenden Text; ein desorientierter, vom Alkohol des Abends derangierter, missgelaunter Mensch. Es wurde Zeit, etwas von grundsätzlicher Gesinnung zu tun.

Am Eingang des englischen Friedhofs, Sonntagmorgen gegen acht Uhr, starrten ihn etliche ältere Menschen an. Kruse wurde das unbestimmte Gefühl nicht los, sie würden ihn kennen, wunderten sich über seine Rückkunft. Freilich musste das Gefühl ihn täuschen; und wenn es etwas zu erinnern gab für diese in ihrer altersbedingt schweren Sanftheit ruhenden Menschen, so war das gewiss nicht er. Irgendetwas schien ihn zu irritieren an diesen Blicken, die plötzlich mit seinem Erscheinen jenen ermatteten Ausdruck verloren und eine Form aufgeweckten Interesses annahmen – vor allem, als Kruse das Tor kletternd überwand. Der Friedhof, eine inzwischen städtische Institution, der örtlichen Kulturverwaltung unterstellt, hatte klar geregelte und dem Vorbeikommenden deutlich angezeigte Öffnungszeiten. Kruse mochte sich nicht daran halten. Sein unerlaubtes, weil unzeitiges Eindringen hatte darüber hinaus den unbestreitbaren Vorteil, dass er sichergehen konnte, um diese frühe Morgenstunde dort gänzlich allein zu sein. Natürlich hatte das Erscheinungsbild seit seinem letzten Besuch sich in wesentlichen Dingen verändert. Der Rasen war gepflegt, es gab Bänke und Papierkörbe, das Ganze ließ eher an einen Park oder Garten denken. Etliche der Grabmäler waren einer ausführlichen Rekonstruktion unterworfen worden, was neuzeitliche Heimsucher nicht daran hinderte, ihrerseits Spuren vorübergehender Ewigkeit – oder was auch immer sie dafür hielten – zu hinterlassen. Mit sicherem Blick für sein Ziel, doch mit dem Sich-Nähern stets die Schritte verlangsamend, gerade so, als bedürfte es der Gemessenheit und Würde und vielleicht auch Angst, lief Kruse auf die Ruhestätte von Martha und Mary zu.

Der gebrochene Engel versperrte den Eingang. Kruse sah sich um, vergewisserte sich, dass ihm keiner gefolgt war. Niemanden hatte das Überwinden der Friedhofsmauer im Morgengrauen zu weiteren Nachforschungen animiert, und also rückte Kruse dem gebrochenen Engel zu Leibe, bis dieser einen schmalen Eingang freigab.

Der bekannte säureätzende Gestank schlug ihm entgegen. Zu seiner Überraschung fand er die Kammer erleuchtet, zwar schwach, aber dennoch waren einzelne Gegenstände deutlich zu erkennen. Das kleine Tischchen stand weiter links, darauf eine halb abgebrannte Altarkerze, die den Raum in ein fahles Licht hüllte. Die Grabstellen der beiden englischen Damen warfen große düstere Schatten; so entdeckte Kruse erst nach längeren Suchen – die Augen brauchten Zeit, sich den ungewöhnlichen Lichtverhältnissen anzupassen –, sie, Mathilda, schlafend unter einem blauen Laken ausgestreckt. Kruse erschrak, stummstarr wagte er nicht sich zu rühren. Der Wind ging durch die geöffnete Tür, ließ das Licht der Kerze einen blödsinnigen Tanz vollführen, Schlagschatten wechselten mit plötzlich und bizarr aufleuchtenden Stellen des Raumes, ein kurzer Moment luzider Diffusion, dann beruhigte das Lichtspiel sich wieder. Wie eine Tote lag Mathilda da und schien von allem nichts mitzubekommen. Er ging langsam auf das Bett zu und setzte sich an das untere Ende der Matratze. Ganz vorsichtig bewegte er sich, um nur ja die Schlafende nicht aufzuwecken. Es war müßig, darüber nachzudenken, ein jäher Einfall heute Morgen hatte ihn hierher geführt; niemand sollte ihn fragen, wieso und warum; er hätte keine überzeugende Antwort darauf gewusst außer eben jener, dass er jetzt hier saß, zu ihren Füßen, die groß und kapriziös zugleich unter dem Laken hervorlugten.

Es lag etwas in ihr von der Anmut eines jungen, wilden Tiers. Sie lag auf dem Bauch und hatte den Kopf nach links, zu Marthas Seite, geneigt. Ihr langes braunes Haar, in diesem Zustand erst recht ein chaotisches Gebilde, eher ein Fell als eine Frisur, floss über die Schultern auf das taubenblaugrau schimmernde Laken. Ganz leise war ein stoßweises Atmen zu vernehmen. Vorsichtig erhob sich Kruse und ging mit bemüht leisen Schritten die Tür zu schließen. Leicht ächzend fiel sie ins Schloss, Mathilda hatte auch davon nichts bemerkt. Er nahm die Kerze vom Tisch, stellte sie neben der Matratze ab und setzte sich auf den Platz zurück. Lange betrachtete er sie, in schwermütige Gedanken versunken; Gedanken, deren Herkunft er nicht kannte, ebenso wenig wie die Ursache dieser Schwermut. Vor ihm lag ein Mädchen von zwanzig Jahren, deren Lebenswege er genauestens kannte. Nicht nur jenen grausigen Teil der letzten Monate, das, was sie ihm erzählt hatte. Er wüsste auch über den weiteren Lauf der Dinge Etliches zu sagen, bis hin zu ihrem Tod im Jahre 2005. Vielleicht hatte er nicht das Recht, hier zu sein, geschweige denn, etwas zu tun, was den Gang des Lebens beeinflussen, gar entscheidend verändern könnte. Gleichwohl war es eine immense Versuchung, genau dies zu tun. Und wer weiß, am Ende war es vielleicht der Gedanke und Plan Jaspers, dass genau das passieren möge; dass Kruse zum Mittel einer Manipulation der Dinge und Abläufe würde. ›Ich hätte mir einen anderen Vater gewünscht …‹

Kruse prägte sich die Gesichtszüge Mathildas ein, etwas, das er behalten konnte, etwas, was ihm nicht mehr zu nehmen wäre. So recht konnte er sich nicht mehr der Farbe ihrer Augen entsinnen. In seiner Erinnerung des Vormittags ihrer Begegnung erschienen sie ihm seefarben, und dennoch hatte er die Ahnung, sie wechselten die Farbe, je nach Sonneneinfall und Seelenstimmung, changierten zwischen einem grünlichen Braun und einem graustichigen Grün. Trotzig ragte ihr Kinn empor, ein unausgesprochener Vorwurf, wenigstens Widerspruch an die Welt. Ihre Nase mutete an wie eine Hommage an die Meister der Antike, zart und ebenmäßig erinnerte sie ein wenig an eine griechische Münze. Unter dem Laken zeichneten sich die Umrisse ihres Körpers ab. Sie war ungewöhnlich groß. Selbst hier in dieser trostlosen Kammer entfaltete sie eine Form irdischen Glanzes, dem sich zu entziehen nicht möglich war. Kruse erinnerte sich ihrer Kleidung am Vormittag im Park, die warmen, erdfarbenen Töne. Deshalb auch mochte der Begriff irdischer Glanz so zutreffend sein. Nichts, weder Dreck noch dieses finstere Loch konnten diesem Glanz etwas anhaben. Kruse beneidete sie um die Würde, die aus ihr selbst stammte und nicht auf irgendeine Weise herbeiinszeniert werden musste.

Ein leichter Schauer durchfuhr ihren Schlaf. Sie wendete den Kopf, ein muskulöser, leicht gebräunter Arm kam unter dem Laken zum Vorschein. Kruse überrannte ein Verlangen, die Hand auszustrecken nach diesem Körper. Wissend, er ließe damit jede Vorsicht, jedes Gebot der Diskretion dahingehen. Es überkam ihn, und er griff ganz behutsam, gerade so, als könne er ein Bild oder Kunstwerk zerstören durch eine Unbedachtheit, nach ihren Haaren, legte sie über die linke Schulter und ließ ihren Nacken erscheinen. Mit den Fingerspitzen nahm er das Laken und zog es über ihrem Rücken zurück. Zwei Schulterblätter, wie Torsi von Engelsflügeln, reckten sich ihm entgegen. Er beugte sich hinab und küsste sie, unbeholfen und ängstlich. Sie regte sich nicht. Mit der Daumenspitze streifte er ihre Wirbelsäule entlang. Ihre freiliegende Hand ballte sich im Schlaf zu einer Faust und verkrallte sich ins Ende der Matratze. Kruse zuckte zusammen und ließ augenblicklich von ihr ab. Wenn sie erwacht war, so ließ sie ihn dies nicht merken, schien nicht empört oder erschrocken zu sein über den ungebetenen Besucher. Abermals langte er nach ihr in einer Form von Erregung, die sich nur schwerlich im Zaume halten ließ. Ihre Hand nahm seine, nicht, wie es schien, um ihn zu hindern, etwas zu tun, mehr um sich zu vergewissern, dass, was geschah, tatsächlich geschah. Sie hielten sich an den Händen, ihre Finger drückten seine Hand zusammen mit einer Kraft, dass das Blut aus seinen Adern schwand und nur mehr weißliche Knöchel sichtbar blieben. Sie kamen zugleich, keuchend und ruckweise atmend; im gleichen Augenblick stieß die schwachbrüstige Altarkerze ihren letzten Lebensseufzer aus und verlosch. Die Dunkelheit und Stille flutete den Raum, lediglich das sich nur langsam wieder beruhigende Atmen der beiden durchbrach die Ruhe. Nach einer Weile lockerten ihre Finger sich und ließen seine Hand los.

»Warum bist du hergekommen?«

Er war zu weit gegangen.

»Und warum liebst du mich denn?«

»Das kann ich dir nicht sagen.«

»Wirst du wiederkommen?«

»Hierher?«

»Ja, hierher, in meinen Rapunzelturm.«

»Vielleicht. Ich weiß nicht. Ich sollte besser nicht.«

»Vielleicht werden wir uns später einmal wiedersehen?«

Dies wiederum wusste Kruse mit absoluter Bestimmtheit zu verneinen. Es blieb dabei. Er war zu weit gegangen. Jasper würde einen Weg finden, es herauszubekommen. Aus der Dunkelheit sah ihn nicht die Mathilda von eben an, jenes betörend schöne Mädchen, sondern die altgewordene Witwe Bebel, eine verhärmte Frau, einsam gestorben, alleingelassen von allen, die sie zeitlebens liebten. Sollte Kruse sich in diese Ahnengalerie der Unwürdigen einreihen? Ein Gefühl umfassender Taubheit ergriff ihn. Er hatte sich verirrt im Gestrüpp der Unübersichtlichkeiten. Es war wie ein Hauch von Gewissheit, was immer man tun könnte nun – ein Haus im Geiste bauen, ans Ende der Zeit und der Tage rennen – es wäre zu spät. Alles wäre zu spät. Das Dasein wie ein stillgelegter Bahnhof nach dem Fahrplanwechsel. Nicht morgen noch übermorgen führe ein Zug; nein, diese Haltestelle, an der er sich aufhielt, sie existierte bereits nicht mehr im Streckenplan. Ein Gesicht sah ihn an, vielleicht seines, ein Gesicht im Scherbenhaufen eines geplatzten Traumes oder Wunsches, eine zerrspiegelte Fratze, unkenntlich, vergröbert, zerrissen. Und ja, ein Traum ist es wohl gewesen, der schönste vielleicht. Bleibend eine Müdigkeit des Körpers, ein Selbstmordattentäter der Kopf, ein widerlich selbstmitleidiges Wesen das Herz, sich selbst so fremd, als gehöre es zu einem anderen.

Kruse stand auf und wandte sich zum Gehen. Er tat es nicht aus Überzeugung.

»Willst du denn gar nichts sagen?«, fragte sie.

»Es ist nicht so, dass ich nichts darauf erwidern könnte.«

»Weil du keine Lust hast?«

»Es geht mir ja nicht besser damit.«

»Dann kannst du ja auch verschwinden und dich verkriechen«, meinte sie höhnisch.

»Richtig wäre es nicht«, antwortete er.

»Unrichtig aber auch nicht.«

Kruse öffnete die Tür, ein warmer und heller Lichtstrahl drang herein. Er fiel auf das Backgammonspiel, das neben dem Eingang lag. Mitunter schien sie allein mit sich zu spielen, vielleicht auch empfing sie anderweitig Besuch hier. Kruse würfelte, eine Zwei und eine Fünf. Mit beiden Zahlen konnte er wenig Sinnvolles anfangen. Er ließ es bleiben, die weißen Steine zu setzen. ›Was ist eigentlich das Gegenteil von Anfängerglück?‹, dachte er sich, während er sich nochmal zu Mathilda umdrehte, sie in der Dunkelheit der Kammer aber nicht mehr erkennen konnte.

Der Friedhof war mit heimkommenden Kirchbesuchern gefüllt. Sie rauchten Zigaretten in den ersten warmen Frühlingshauch hinein. Diesmal schien niemand von Kruse Notiz zu nehmen, und wie ein flüchtiger Passant, ein Gelegenheitsbesucher schlich er vom Ort des Geschehens. Groß und schön ist die Liebe im Überfall, wer auch immer der Überfallende, der Überfallene sein mag. Alles hernach ist lächerlich. Kruse trank Bier. Im Hotel angekommen, schnitt er sich mit einer Nagelschere die Haare. Dann schlief er ein.

Am nächsten Tag weckte ihn das Klingeln des Telefons. Nach längerem, schlaftrunkenem Hineinblöken in den Hörer, auf das sich keine Antwort und nur das Echo seiner eigenen Laute fand, war endlich eine Stimme am anderen Ende zu hören. Es war die junge Praktikantin der Wittenberger Anwaltskanzlei. Sie hatte das halbe Wochenende herumtelefoniert und dabei wahrscheinlich ein Vermögen ausgegeben, Kruses Hotel in Neapel ausfindig zu machen. Der Zufall kam ihr, wieder einmal, durch Alina zu Hilfe, die sich in Kruses Wohnung aufhielt, um, wie sie meinte, ein wenig in seinen Geschichtenbüchern zu lesen. Aus Sorglosigkeit oder Übermut ging sie ans Telefon, just in dem Moment, da die Praktikantin sich keinen anderen Rat wusste, als Kruses Privatanschluss in Halle anzuwählen. Sie hatte die vage Hoffnung, es wäre jemand da, der ihr weiterhelfen könnte. Zufällig war eben jemand da. Alina. Zufällig.

»Zufällig?«, murmelte Kruse ins Telefon.

»Ja zufällig«, juchzte übertrieben glücklich die Praktikantin.

»Wie spät ist es eigentlich?«

»Kurz nach vier. Ich dachte, man könne Sie um die Zeit anrufen, so kurz nach dem Mittagsschlaf.«

»Ich hatte in der Tat ein wenig geschlafen. Macht nichts. Was haben Sie denn auf dem Herzen?«

»Soll ich später noch mal anrufen, vielleicht passt es Ihnen gerade nicht?«

»Herrgott nochmal, legen Sie schon los!«

»Also …«, sie machte eine blöde, gedehnte Kunstpause. ›Wahrscheinlich bringen sie Jurastudenten so etwas in Rhetorikkursen bei‹, dachte Kruse. Er war kurz davor, aufzulegen.

»Also«, sie setzte ein zweites Mal an, »ich habe ja anderthalb Jahre in Salamanca studiert.« Sie versprach sich wohl eine etwas größere Wirkung von dieser Eröffnung, als Kruse bereit war, zuzugeben.

»Das freut mich. Weiter!«, blaffte er sie an.

»Naja, und in Salamanca befindet sich doch die Kanzlei von Doktor Carzon, eines durchaus namhaften spanischen Anwalts, wohl auch einer der umstrittensten. Sie werden den Namen schon einmal irgendwo gelesen haben.«

Kruse erinnerte sich schwach, ihn dann und wann einmal in

den Nachrichten gehört zu haben, hatte aber vergessen, wo und in welchem Zusammenhang.

»Dr. Carzon ist ein, wie soll ich sagen, Spezialist für Vergangenheitsfragen in multilateralen Zusammenhängen. Hauptsache, es handelt sich um spektakuläre Angelegenheiten mit viel Wirbel in den Blättern nachher. Meiner Deutschkenntnisse wegen hatte ich das Vergnügen, ein paar Monate bei ihm zu arbeiten und für ihn alte Akten ins Spanische zu übersetzen. Carzon ist seit über vierzig Jahren von der Idee besessen, alle bestehenden Verbindungen von Altnazis aus der Nachkriegszeit nach Südamerika offenzulegen – natürlich nur, sofern sie spanische Interessen betreffen. Da aber eine Vielzahl der Fluchtwege über das Spanien der Franco-Zeit abgewickelt wurden, ergibt sich für ihn ein weites Betätigungsfeld.«

»Alles sehr interessant, Fräulein, aber Sie gestatten, ich kapiere nichts, gar nichts, viel weniger als nichts.«

»Warten Sie ab, alles schön der Reihe nach«, belehrte sie ihn. »Als der Chef mich bat, ein wenig in Ihrer seltsamen Geschichte zu recherchieren, hat mich von Anfang an eine Sache irritiert.«

»Eine nur? Sie Glückliche! Mich irritieren an die hundert Sachen daran. Das ist ja aber nicht Ihr Problem.«

»Warum ist Eduardo gerade in jenen Wochen nach Chile zurückgekehrt, als dort der Pinochet-Putsch stattfand und eine riesige Fluchtwelle von Chilenen in aller Herren Länder einsetzte? Warum ging Eduardo gerade zu diesem Zeitpunkt zurück?«

»Er hatte, soweit ich weiß, geerbt, ein Haus in den Bergen; sein Bruder bat ihn, heimzukommen. Außerdem waren seine Aktivitäten hier, um es vorsichtig auszudrücken, nicht eben von Glück und Erfolg beschieden.«

»Sein Buhlen um Frau Bebels Gunst, ich weiß. Vielleicht. Vielleicht ja. Vielleicht nein. Lassen wir mal das Missgeschick des unseligen Fischessens außer Acht. Laut den Unterlagen hatte er seine Übersiedlung nach Chile im Februar 1975 beantragt, also gut ein Vierteljahr vor Mathildas Geburtstag.«

»Ich erinnere mich, in Mathildas Aufzeichnungen stand etwas davon. Er wollte sie mitnehmen nach Südamerika.«

»Sehen Sie, vielleicht hat der unglückliche Zwischenfall nur seinen Wunsch, wegzukommen, beflügelt. Ich bin jedenfalls noch auf etwas anderes gestoßen. Doktor Carzon hat eine Datenbank angelegt, in der so ziemlich jeder Name gespeichert ist, der in irgendeinem Zusammenhang mit dem Verschwinden von ehemaligen Nazis zu tun hat.«

»Und Eduardo taucht dort auf?«

»Nicht nur er. Auch Ihr Onkel.«

»Lucalino Lualdi?«

»Nicht unter diesem Zirkusnamen. Aber einen Oskar Kruse gibt es da, das war doch sein bürgerlicher Name, oder?«

Kruse nickte stumm am Telefon.

»Hallo, sind Sie noch dran?«

»Jaja, entschuldigen Sie, ich musste einen Moment lang nachdenken.«

»Also, es ist niemals zu weiteren Ermittlungen gekommen, weder gegen Eduardo noch Ihren Onkel, dafür scheinen sie zu kleine Fische gewesen zu sein. Carzon, wie gesagt, mag es gern großflächiger angelegt. Da passt ein verkrüppelter Geiger nicht ins Fahndungsraster. Interessant aber ist: Da war eine Notiz hinter dem Namen. Es stand der Name Ihres Onkels da und eine Adresse: Via Merghellina 27, Bar ›Lipatti‹, Napoli.«

»Was hat es mit dieser Adresse auf sich?«, fragte Kruse einigermaßen einfallslos.

»Ein klein wenig könnten Sie schon selber zur Aufhellung beitragen, Herr Kruse. Ist doch schließlich Ihre Geschichte. Ich bin hier nur eine schlechtbezahlte Praktikantin. Außerdem – wer sitzt denn gerade in Neapel, Sie oder ich?«

»Ich«, gab Kruse kleinlaut bei.

»Na, sehen Sie«, entgegnete die Praktikantin schnippisch.

»Zwei Dinge würde ich gerne noch von Ihnen erfahren. Wie sind Sie eigentlich an die Datenbank gekommen, wenn Sie für Carzon früher nur mal Übersetzungen angefertigt haben?«

»Ach …«, wiederum machte sie eine lang anhaltende Kunstpause. »Ist so eine Art Anwaltsgeheimnis, aber ich habe seit der Zeit in Salamanca einen Freund, wissen Sie …«

»Schon gut, schon gut«, wiegelte Kruse ab. »Kein steinern' Bollwerk kann der Liebe wehren, ich verstehe.«

»So ungefähr. Und was wollten Sie noch wissen?«

»Sie sagten, ein verkrüppelter Geiger passt nicht ins Raster. Wieso verkrüppelt?«

»Na, wegen des Fingers.«

»Lassen Sie mich raten, ihm fehlte eine Fingerkuppe?«

»So ist es. Wieso fragen Sie?«

»Fragen Sie mal Ihren Chef bei Gelegenheit nach der Flaschenpost für mich. Ich glaube, wir können langsam eine Sammlung aufmachen.«

»Mach' ich. Eine letzte Sache noch. Die ist aber nicht kostenlos.«

»Ich bin gespannt.«

»Erst meine Bedingung.«

»Wenn Sie wollen, bitte.«

»Sie telefonieren mit ihrem Freund und handeln für mich eine Gehaltserhöhung aus, einverstanden?«

»Ich werd's versuchen«, versprach Kruse. »Und jetzt Sie.«

»Gehen Sie mal ins Hotel ›Neapolis‹ in der Via Tiburtina. Donnerstags und freitags arbeitet dort eine alte Dame am Frühstücksbuffet. Romana Sturz. Auf der Internetseite des ›Corriere della Sera‹ hab' ich einen lesenswerten Artikel gefunden, ein Porträt über sie. Es geht um die Geschichte Neapels nach der Besatzung. Sie war in den betreffenden Jahren Kellnerin in der Bar ›Lipatti‹, könnte sich also vielleicht noch an Ihre Freunde erinnern.«

»Ich danke Ihnen vielmals.«

»Und Sie vergessen nicht, wir haben eine Abmachung.«

»Keineswegs, Frau … Wie heißen Sie eigentlich?«

»Friedrich. Walburga Friedrich.«

»Walburga, schöner Name. Sagen Sie, hat Ihr Vater viel Wagner gehört?«

»Scherzkeks!« Sie legte auf.

Romana Sturz war eine kleine, beinahe zierliche Frau von Mitte, Ende achtzig. Aus einem von Wind, Sonne, Meer und Zeit nahezu ledern gewordenem Gesicht strahlten zwei überwache, anthrazitfarbene Augen. Was genau sie am Frühstücksbuffet des Hotel »Neapolis« zu schaffen hatte, blieb unklar, als Kruse sie am darauffolgenden Donnerstag besuchte. Er benötigte einige Zeit, um sein Anliegen der Dame verständlich zu machen, denn im Gegensatz zur Lebendigkeit und der jugendlichen Bewegtheit ihrer Augen schien der Rest des Geistes und des Körpers dem Alter einen schweren Tribut zu zollen. Das lange Leben hatte, so schien es, Lücken in ihr Erinnerungsvermögen gefressen, und jede größere körperliche Bewegung bereitete ihr Mühe. Ihre Tätigkeit beschränkte sich darauf, einige Stückchen Butter auf dem Buffet in eine ihr genehme Reihenfolge zu platzieren. Alles weitere, den

Kaffeeausschank, das Nachfüllen der Marmeladengläser wie das Aufbacken der *cornetti* übernahm ein junger Mann, der mindest ihr Enkel, wenn nicht gar Urenkel hätte sein können. Kruse fragte sie nach jenen Jahren, da sie als Kellnerin im »Lipatti« arbeitete. Sie antwortete, sie wäre niemals da gewesen, nein, »Lipatti«, das sage ihr gar nichts. Aber, so wandte Kruse ein, es gäbe doch Leute, die sie dort gesehen haben, und sie selbst habe doch vor nicht langer Zeit einer Zeitung darüber berichtet, wie es war in den Jahren '44 und '45.

»Ja, damals freilich schon«, sagte sie, »aber das ist ja schon so lange her, *non é interessante.*«

»Doch, doch.« Kruse verlegte sich auf einen halb schmeichelnden, halb gurrenden Ton. Es würde viel Zeit in Anspruch nehmen, Frau Sturz für sich zu gewinnen. Sie stocherte ein wenig in den Butterstückchen herum, als suche sie dort nach einer passenden Antwort. Dann zuckte sie mit den Schultern und ließ die Andeutung eines Lächelns sichtbar werden.

»Kommen Sie am Abend wieder, wir können unten im Restaurant etwas essen. Ich bekomme es als Angestellte billiger hier, da können Sie Geld sparen.«

Der junge Kellner machte eine mürrische Bemerkung im tiefsten Neapolitanisch, der Kruse sinngemäß entnehmen konnte, er solle sich fortscheren und die Signora nicht bei der Arbeit behindern. Kruse versprach, am Abend wiederzukommen, um halb neun, wenn es recht sei.

»Nein, *dio mio*, nicht so spät. Diese verfluchten Italiener, sie essen immer so spät.« Um diese Zeit würde sie schon schlafen. Es sei überhaupt *il solo tempo di giorno*, zu der sie schlafen könne. Kruse solle um sechs Uhr hier sein. Außerdem wäre da das Lokal angenehm leer, man wäre ungestört. Wie gesagt, viel falle ihr bestimmt nicht ein, aber sie wolle kommen, weil er *un bello ragazzo* sei. Sie tätschelte ihm die Wange und entließ ihn mit den Worten: »Und gehen Sie mal zum Friseur, junger Mann.« Kruses in einem Akt radikaler Selbstverstümmelung geschnittenes Haar erschien ihr wohl wie eine von Wildschweinen verwüstete Brache. Er könnte sich ein Mütze besorgen, dachte er und außerdem: Haare wachsen wieder, im Gegensatz zu Fingern. Er lief einige Zeit durch die Stadt, kaufte sich Batterien für seinen Walkman, den er, er bemerkte es erst jetzt, schon einige Tage nicht mehr in Benutzung hatte, sowie eine Kappe des örtlichen Fußballvereins. Am Nachmittag versuchte er etwas zu schlafen, schreckte aber alle paar Minuten auf, in Angst, die abendliche Verabredung zu verpassen.

Romana Sturz war gebürtige Schweizerin, aus Zürich. Ihren originellen Nachnamen verdankte sie einem Stoffhändler aus dem Baltischen, der als Kind nach den Oktoberwirren 1917 das Land mit seiner Familie verlassen musste, sich in Zürich ansiedelte, dort die Universität und die Handelsakademie absolvierte und den sie schlussendlich 1938 heiratete. Er war mehr als dreißig Jahre älter als sie und alles in allem ein Mann, der mehr als gut im Geschäft zu sein schien. Im Salon der Familie Sturz verkehrten seinerzeit die Prominentesten der Zürcher Exilanten; Privataufführungen und Lesungen im Hause waren ebenso legendär wie die Kunstsammlung, in die Sturz große Teile seines nicht unbeträchtlichen Vermögens investierte. Was ihn jedoch nicht hinderte, sich im Verlauf des Kriegs, spätestens ab dem Jahreswechsel '42/'43, in die Belange der italienischen *resistenza* nachhaltig einzumischen – wohl zu Beginn eher als Anhänger der romantischen Idee, dass das Land Michelangelos und Raffaels nicht in die Hände der Barbaren fallen dürfe, später wohl auch aus handfesten pekuniären Gründen, da sein Stoffexport-Imperium kriegshalber und durch zunehmende wirtschaftliche Isolierung zusehends in eine gefährliche Schräglage geraten war. Zunächst finanzierte er Waffenkäufe, die mittels seines weitgespannten Agenturnetzes, meist über Marokko, abgeschlossen wurden. Späterhin gehörte er einem Gremium an, das die provisorische Regierung beriet und Pläne für eine Wirtschafts- und Rechtsordnung für die Zeit nach der Befreiung entwarf. Die Familie Sturz besaß ein Anwesen auf Procida, der kleinsten der drei vor Neapel liegenden Inseln. Dort verbrachten das Ehepaar die Sommermonate. Mit der deutschen Invasion Anfang 1943 wurde dieses Anwesen enteignet, und sie flüchteten in einer halsbrecherischen Aktion nachts, verborgen im Unterbau eines Fischerbootes in die Stadt. Dort lebten sie unter falschem Namen und versteckt von Freunden. Bei einer Razzia im späten Frühjahr '43 wurde Sturz von deutschen Soldaten aufgegriffen und zusammen mit 230 anderen Gefangenen nach Campobasso verbracht. Dort ist er unter *ungeklärten Umständen* im Sommer desgleichen Jahres gestorben. Romana war 22 Jahre alt, verwitwet, zwar mit gültigen Papieren, aber ohne Möglichkeit, gefahrlos zurück in die Schweiz zu gelangen. Eine konsularische Vertretung der Schweiz existierte nur in Rom, aber der Kontakt dorthin gestaltete sich mehr als schwierig. Zumal die politischen Aktivitäten ihres Mannes den auf strikte Wahrung der Neutralität bedachten Diplomaten keineswegs verborgen geblieben waren. Im Herbst des Jahres wurde Romanas Sohn Massimo Paolo geboren, das Kind des alten Sturz, der zu diesem Zeitpunkt schon längst verscharrt in einem anonymen Massengrab südlich von Campobasso, Kalabrien lag.

Die Bar »Lipatti« in der Via Merghellina bildete den geduldeten, jedoch im Laufe seiner Existenz stets von Schließung bedrohten Mittelpunkt des Emigrantenkreises von Neapel. Da die Deutschen lediglich als Verbindungsmacht dortselbst stationiert waren, beschränkte sich ihre Befehlsgewalt ausschließlich auf militärische oder sicherheitsrelevante Belange. Keinen Einfluss hatten sie, zumindest bis zum Jahr '44, auf die Erteilung von Aufenthaltsgenehmigungen, Arbeitserlaubnissen, auch nicht auf die Politik gegenüber der jüdischen Bevölkerung. Auslieferungsbegehren der Deutschen wurden mit der sprichwörtlichen Effizienz der süditalienischen Bürokratie bearbeitet. Es ließ sich vielleicht nicht gut leben, aber eine Chance zum Überleben, die gab es in Neapel durchaus.

Sie aßen nur wenig: Romana, weil sie mit ruhiger gleichtönender Stimme die Ereignisse jener Jahre memorierte, und Kruse, weil er ihr mit äußerster Angespanntheit zuhörte. Und also blieben der Fisch und der Salat, den Kruse für sie bestellt hatte, nahezu unangerührt liegen.

Nein, einen chilenischen Geiger, den hat es niemals da gegeben. Dass würde sie noch wissen. Man vergisst ja viel im Laufe der Zeit, aber daran würde sie sich erinnern. Obwohl eine Menge kurioser Leute dort verkehrten. Man müsse auch genau unterscheiden. Die eigentlich bessere Zeit war, als die Deutschen noch in der Stadt waren. Ja sicher, *al fino* sei es schon sehr ungemütlich, geradezu *pericoloso* geworden in den Tagen des Aufstandes. Aber davor, das war so ein seltsamer Schwebezustand – einerseits streiften die Nazis durch die Stadt und gebärdeten sich als Herrenmenschen, und andererseits war man in gewisser Weise geschützt durch die offizielle Souveränität des italienischen Staates. So konnten Flüchtlinge und Eroberer am selben Tisch, naja, vielleicht nicht am selben Tisch, so aber doch im selben Lokal verkehren. Richtiggehend kompliziert wurde es erst, als die Amerikaner kamen; die machten sich nicht die Mühe, in Gut und Böse zu unterteilen bei den Ausländern. »Für die waren wir alle *cospiratori*. Aber da gab es das ›Lipatti‹ nicht mehr lange. Es hat dann geschlossen, ich weiß nicht mehr, warum.«

»Erinnern Sie sich an Leute, die dort verkehrten?«

»Lassen Sie mich ein wenig nachdenken, es ist so lange her. Da gab es eine deutsche Opernsängerin, warten Sie, gleich fällt mir der Name ein, wir haben erst neulich wieder von ihr gesprochen. Genau, Ingrid von Ottern, so hieß sie. Die war häufiger im ›Lipatti‹. Es war ja etwas schlicht, beinahe ein wenig schäbig dort, aber sie war immer gekleidet wie für ein Konzert oder den Opernball. Egal, wie heiß oder kalt es draußen war, sie kam immer in einem Abendkleid, hochgeschlossen, und um die Schultern ein Hermelin oder Graufuchs. Irgendein junger Begleiter war stets bei ihr – nicht, dass Sie jetzt etwas Unschickliches denken, diese Art von Begleitern trugen stets eine Mappe mit Noten mit sich herum. Für den Fall, dass man die Ottern bat, zu singen. Was auch manchmal geschah, wenngleich das Klavier in einem schauderhaften Zustand war. Wer sie auf dem Klavier begleitet hat? Nein, das weiß ich nicht mehr, irgendeiner der vielen anwesenden Herren dort. Damals spielte man noch Klavier. Spielen Sie Klavier?«

»Gelegentlich«, antwortete Kruse.

»Gut so, junger Mann, das sollten Sie pflegen, und wenn Sie mal Kinder haben; haben Sie Kinder? Nein? Schämen Sie sich!

Aber wenn, dann zwingen Sie Ihre Kinder dazu, Klavier zu spielen. Sie werden es Ihnen später einmal danken.«

»Ich werde mich daran erinnern«, versprach Kruse.

»Diese von Ottern«, setzte Romana ihre Erzählung fort, »die war irgendwie *bizzara*.Ihr Mann saß in einem deutschen *campo di concentramento*. Sie hatten sich bis zum Schluss geweigert auszureisen. Dabei war ihr Mann ein berühmter Dirigent, ich glaube sogar, in Wien. Aber den Namen hab' ich auch vergessen. Und sie war Jüdin, was ja nicht von Vorteil war, damals.«

Romana starrte die Wand an.

»Sie hätte mehrmals aus Neapel abreisen können, freundliche Gönner und Musikfreunde in Amerika hatten ihr eine Schiffspassage über Lissabon nach New York verschafft. Sie hatte sich auch schon einmal von uns verabschiedet, es wurde sogar ein kleines Konzert veranstaltet. Ich glaube, das war eine der wenigen Gelegenheiten, wo es sogar Champagner gab im ›Lipatti‹. Am nächsten Tag war sie wieder da. Man hatte ihr zugemutet, in einer Zweierkabine zu reisen. *Incredibile*, was? Da blieb sie lieber hier und ließ sich neue Papiere machen. Ich glaube, an diesem Abend gab es wieder Champagner.«

»Wieso neue Papiere?«

Kruse wurde munterer. Sicherlich, Ausweise und Passagen wurden massenhaft gefälscht seinerzeit. Eine ganze Innung von Friseuren der besonderen Art lebte davon und wahrscheinlich, da der Pass das Leben bedeutete, nicht schlecht, zumindest besser als der Rest der Bevölkerung.

»Wissen Sie, wer die Papiere machte? Gab es im ›Lipatti‹ jemanden, den man mit einer solchen Aufgabe betrauen konnte?«

»Ach, wissen Sie, wenn Sie verzweifelt genug sind, dann finden Sie immer jemanden für so etwas. Nur, ob es gut ist, ob es Ihnen Glück bringt oder ob Sie nicht an einen Pfuscher oder Halsabschneider gelangen, das kann keiner im Voraus sagen. Ich brauchte ja auch keine neuen Papiere. Meine waren gültig, nur eben zwecklos, weil ich als Angehörige eines Staatsfeindes in Sippenhaftung genommen war, wie in einer Mausefalle gefangen. Und außerdem war da noch das Kind. Wie wollen Sie denn durch Hunderte Kilometer und unklarem Frontverlauf mit einem *bambino* hindurchkommen? Nein, die Papiere brauchten die anderen. Sie wechselten auch ständig *i nomi*. Deshalb hab' ich doch nur so wenige im Gedächtnis, Sie verstehen? Wir nannten sie auch nur selten bei ihren Namen, es war zu gefährlich, wegen der Spitzel. Und was, bitte, ist ein Name zu der Zeit gewesen? Nichts, gar nichts, sag' ich Ihnen. Ein Pass, eine Bürgschaft, eine Passage, darum ging es. Glauben Sie mir, mancher von denen wäre auch auf den Namen ›Joseph Goebbels‹ ausgereist.«

»Eine Frage, wenn Sie gestatten, wem gehörte das ›Lipatti‹, einem Italiener?«

»Nein, das war Walther. Ein schlimmer Finger, kann ich Ihnen sagen. Auch wenn er mich dort arbeiten ließ. Walther war früher bei einer deutsch-italienischen Firma tätig, irgendwas mit *elettricitá* hatte es zu tun. Aber bestimmt kein leitender Angestellter, eher ein schlichtes Gemüt, möchte ich meinen. Dumm, aber gerissen. Und ausgesprochen pampig zu den Angestellten. Ich glaube, er hat mit allen paktiert, und irgendwann jeden an jeden verpfiffen. Warum er sich so lange hat halten können? Fragen Sie mich was Leichteres. Er hielt es am Anfang mit der deutschen Militärverwaltung, hat die Offiziere hofiert, ihnen günstige Preise gemacht, die besten Plätze für sie reserviert. Ich glaub', er hat ihnen manchmal sogar Mädchen besorgt. Er lieferte ihnen Informationen über die Kundschaft, damit man ihn in Ruhe ließ. Die Deutschen kümmerten sich bei der Stadtverwaltung um seine *concessione*, sie waren seine Lebensversicherung.«

»Welche Art von Informationen? Wenn doch alle mehr oder minder offen und frei dort verkehren konnten?«

»Die Dinge sind doch oft nicht die, als die sie uns erscheinen, junger Mann. Über viele wusste man manches, über manche sogar vieles, aber ob das, was Sie zu wissen glauben, auch nur irgendetwas zu tun hat mit der *realtá*, darauf sollten Sie lieber nicht wetten. Es gab einen Jungen dort, mein Gott, so jung war der noch, Anfang zwanzig. Hans oder Hannes hieß der. Er spielte Trompete, und alle wussten, er war aus Berlin und Kommunist. Er kam auch immer ganz demonstrativ ohne Krawatte und im Winter mit einer Jacke aus derbem Leder. Ich mochte ihn, weil er so allein war. Wir hatten uns beinahe ein wenig angefreundet. Ich war ja auch alleine damals und wusste nicht, wohin sie meinen Mann gebracht hatten. Später habe ich erfahren, dieser Hans oder Hannes war ein Verhörspezialist beim SD. Wir hatten ihn manchmal tagelang nicht zu Gesicht bekommen. Als der Aufstand losbrach, hat man ihn als Ersten aufgehängt. Da hatten wir erfahren, wer er war. Interessanterweise hatte die Bar nur drei Tage lang geschlossen und war eine der ersten, die unter der neuen amerikanischen Militärverwaltung eine Genehmigung zur Weiterführung des Betriebs bekam. Wie Walther das geschafft hatte, das kann man nur vermuten. Wahrscheinlich hat er sein ganzes Wissen über seine *clienti*, vor allem die Wehrmachts- und SS-Offiziere an die Amis ausgeplaudert.«

Der Blick der alten Dame wurde fest und nahm eine solide boshafte Feurigkeit an. »Informationen waren mehr wert als Geld oder Schmuck. Zu wissen, wann welches Schiff wo ausläuft, um welche Zeit welcher Hafenbeamte Dienst hat; zu wissen ob jener Offizier rundliche Afrikanerweiber mag oder einen Hungerhaken mit Flachs auf dem Kopf bevorzugt; zu wissen, in welcher Werkstatt die besten schwedischen Stempel imitiert werden können; das alles war unendlich vielmehr wert als ein Packen Dollarnoten oder die Schmuckschatulle der Madame Pompadour.«

Der Hinweis auf die deutsch-italienische Stromgesellschaft interessierte Kruse besonders. Möglicherweise handelte es sich um dieselbe, bei der Mathildas Vater arbeitete. Es könnte ein Anhaltspunkt sein.

»Erzählen Sie mir von Walther. Wer war das? Oder wie war er?«

»Ach, irgendwie proletarisch. Ein Mann ohne Manieren und Format. Ich kann mich an sein Gesicht überhaupt nicht mehr erinnern. Er war befreundet mit einer, von der wir immer dachten, sie arbeitet für die Gestapo. Das wussten alle, die mit ihr zu tun hatten und waren entsprechend vorsichtig. Sie kam jeden Abend ins ›Lipatti‹; und sie stellte sich so dermaßen dumm an. Sie versuchte heimlich Sachen zu fotografieren oder verschwinden zu lassen, und jedermann hat es gesehen. Sie konnte einem schon fast leidtun. Vielleicht wollte sie sogar, dass man sie dabei sieht, ich weiß nicht. Manche damals sind ja auch erpresst worden. Man hat ihnen versprochen, ihre Angehörigen freizulassen, wenn sie für die Gestapo arbeiten würden. Da haben Sie's wieder: Informationen. Walther hat sich des Mädchens angenommen; sie hat sogar eine Weile bei ihm gewohnt. Später war er dann mit diesem Mädchen zusammen. Woher sie kam, wusste keiner so recht. Sie kannte sich gut aus in der Stadt, war wohl schon eine Weile da. Aber niemand wusste etwas Genaueres über sie. Das machte sie ja auch irgendwie so interessant, vor allem für die Männer. Dabei war sie bloß jung, weiter nichts. Ein Flittchen, aber süß. Ich weiß nicht, interessiert Sie das denn wirklich alles so sehr?«

»Vielleicht. Wissen Sie denn noch, wie das Mädchen hieß?«

»Ich sagte Ihnen doch, dass wir keine Namen verwendet haben. Sie kam oft her mit zwei Freunden. Aber erst, wenn ich mich recht erinnere, in der Zeit nach dem Aufstand. Diese beiden *ragazzi* nahmen sich recht wichtig. Sie saßen oft mit Walther zusammen im Hinterzimmer, manchmal stundenlang und haben irgendwelche Sachen beraten, sicherlich krumme Geschäfte. Ich möchte gar nicht wissen, was die da beredet haben.«

Romana Sturz zog aus ihrer Handtasche ein silbernes Zigarettenetui hervor und entnahm ihm eine sorgfältig gestopfte Selbstgedrehte. Sie bot Kruse auch eine an. Er nahm sie gerne.

»Vorsichtig, junger Mann, die ist drogiert! Aber nur leicht«, fügte sie beruhigend hinzu. Der Fisch vor ihnen war kalt geworden, und ein Kellner räumte das kaum benutzte Geschirr ab, goss den Rest des Weines gleichmäßig in die Gläser. Dann machte er Romana darauf aufmerksam, dass das Rauchen im Restaurant nicht gestattet sei und sie vor die Tür gehen müssten. Kruse bot Romana Sturz den Arm und geleitete sie nach draußen. Fröhlich kiffend.

»Wissen Sie, man darf die Dinge nicht zu sehr wollen, junger Mann. Halten Sie die Begierde im Zaum, jede Art von Begierde. Es ist besser so, glauben Sie mir. Das Leben wird einfacher, bedeutend einfacher dadurch. Auch die Begierde, alles wissen zu wollen«, fügte sie hinzu.

Dann verabschiedete sie sich und ging die Tiburtina hinab in Richtung des Doms. Und obwohl sie alle paar Schritte anhalten musste, um sich an der Häuserwand abzustützen, hatte ihr Weggang etwas Majestätisches. Kruse starrte ihr lange hinterher.

IV

Es war weit nach Mitternacht, als Kruse das »Lipatti« betrat. Im Verlauf des Abends wichen die Farben auf die nämliche Weise aus dem Stadtbild. In der Phänomenologie des Übergangs hatte er nun seit etlicher Zeit eine gewisse Übung, wenn auch keine Gewöhnung sich einstellen mochte. Zunächst hatte er es wiederum nicht bemerkt, es mehr als eine Erscheinung der einsetzenden Dunkelheit erachtet; wie auch in den Malen zuvor es einen schleichenden Prozess darstellte, jenes Hinübergleiten in die andere Zeit. Doch schon bald fielen ihm die heruntergekommenen abgerissenen Gestalten auf der Straße auf, die geborstenen und geschundenen Häuser. Nicht umsonst hatte Mussolini schon in den Dreißigern Neapel als Filmkulisse untersagen lassen, weil er um das wenig öffentlichkeitswirksame Bild der Stadt wusste. Kruse drückte sich in Hauseingängen um die Via Merghellina herum, zunächst um nicht weiter aufzufallen, weder Passanten noch Militärs; wohl aber vor allem, um die Zeit totzuschlagen, ehe man im »Lipatti« hätte verkehren können.

Der Raum war fahl beleuchtet und schmierig. Das »Lipatti«, und etwas anderes zu erwarten wäre sinnlos gewesen nach allem, was er bislang in Erfahrung brachte; es war eine Absteige allerletzter Ordnung. Der brüchige, gekachelte Fußboden ließ auf eine vormalige Nutzung als Metzgerei schließen. Aber diesen Gedanken, so naheliegend er schien, mochte Kruse seiner symbolhaften Gestalt wegen nicht einmal ansatzweise weiterdenken. Altersschwache Sitzgelegenheiten und Tische verschiedenster Bauart verstellten den ohnehin kleinen Raum auf eine groteske Weise. Kruses erster Gedanke war, wie es der divenhaften Ottern wohl zumute gewesen sei, wie sie sich bewegt haben mochte in diesem modernden Loch; eine Frau, die es immerhin ablehnte, die rettende Schiffspassage anzutreten, weil man ihr zumutete, in einer Doppelkabine zu logieren. Aber vermutlich macht der Krieg auf eine eigenartige Weise genügsam, erfinderisch und scheint den Menschen zu einem duldsamen, nach seltsam schalen Kompromissen strebenden Wesen mutieren zu lassen.

Vorsichtig wie ein hysterischer Spion, der seine stete und prompte Enttarnung zu vergegenwärtigen hatte, sah Kruse sich um. Er hatte seinen noch in Wittenberg erworbenen Anzug angelegt, einen billigen dunkelblauen Allerweltsschnitt, und fiel, auch der mehr als spärlichen Lichtkulisse wegen, nicht weiter auf. In einer spitz zulaufenden Ecke des Raumes saß ein Mann. Ihn bemerkte Kruse, weil er immerfort in jähen, ruckartigen Bewegungen zu einer Tür sprang, daran rüttelte, klopfte und, wohl weil niemand öffnete, sich, jedesmal aufs Neue enttäuscht, wieder setzte. Die Tür mochte zu einer Art Nebengelass oder Abstellkammer führen. Kruse drückte sich hinter einen Pfeiler. Die Knie zitterten ihm vor Anstrengung – der Anstrengung, die es ihn kostete, hier zu sein, die Fassung zu bewahren, das Inkognito seines Aufenthaltes aufrechtzuerhalten. Der Mann, der neben der Tür zur Abstellkammer saß und immer wieder aufsprang und heftig daran rüttelte, es war: Lucalino, sein Onkel. Es dauerte eine Weile, ehe Kruse ihn erkannte, doch umso sicherer war er sich jetzt. Unverkennbar waren die Züge des fein ziselierten, aristokratisch anmutenden Gesichts auszumachen, obwohl Lucalino nur halb so alt war wie Kruse jetzt, ein junger Bursche von gerade einmal zwanzig Jahren. Elegant gekleidet wie sein ganzes späteres Leben trug er einen taubenblaugrauen Anzug über einem tadellos sitzenden, weißem Hemd. Die Krawatte hing ihm leger um den Hals. Einzig der Hut, ein Borsalino, verlieh ihm eine bisweilen großspurige, etwas cineastische Attitüde. Kruse griff sich eine der aushängenden Zeitungen und tat, als läse er darin. Es verstärkte nur seinen Unmut, einem schmierigen Agentenstück beizuwohnen, mehr noch – in diesem als Hauptfigur agieren zu müssen, ohne Text, Geschichte und Fortgang des Ganzen zu kennen. Doch praktischerweise benötigte er die Zeitung, um in ihrem Schutz einmal den Raum zu queren, sich einen freien Platz mit besseren Sichtverhältnissen zu organisieren ohne aufzufallen. Inwieweit eine vor das Gesicht geschlagene Zeitung dient, sich den Status des Unauffälligen zu sichern, mag dahin gestellt sein. Mehr als aberwitzig erschien ihm, was er tat, denn wie sollte Lucalino von seiner, Kruses, Existenz wissen. Er war, den strengen Abläufen der Zeit nach zu urteilen, ja noch nicht einmal geboren. Aber es schien Kruse ratsamer, nicht auf die Zwangsläufigkeit biologischer Abfolgen zu vertrauen. Besser war es, auf gar nichts zu vertrauen, außer auf das, was er mit eigenen Ohren hörte, mit eigenen Augen sah. Denn aberwitzig oder unlogisch im konventionellen Sinne war schließlich alles, was ihm widerfahren war, seit er Neapel betreten hatte.

Es vergingen einige Minuten, in denen die bislang nicht mehr als spärlich gefüllte Bar um einige Gestalten bereichert wurde. Menschen, soweit Kruse das beurteilen konnte, unterschiedlichster Herkunft und Sozialisation. Ihnen allen eigen war wächserne Leblosigkeit in den Gesichtern, eine Ratlosigkeit, weder von Hoffnung noch von Freude erhellt. Wie auf einem Gespensterschiff glichen sie Figuren, denen der Fluch auferlegt war, tagtäglich die Gesellschaft der anderen ertragen zu müssen. Als hätte sich eine Abhängigkeit untereinander herausgebildet, eine Abhängigkeit, deren Gründe nicht klar ersichtlich waren. Freilich, das Angewiesensein auf Informationen und den Austausch und Fluss ebendieser Informationen, es war das Lebenselixier dieser Gestalten. Auffallend wenige Italiener waren unter ihnen, soweit Kruse das beurteilen konnte. Es schien bei der Besatzung des ›Lipatti‹ sich um tatsächlich jene zu handeln, von denen Romana Sturz sprach: Gestrandete, Elende, zur Unzeit Vermodernde; Menschen, denen der Rückzug, der Auszug versperrt war aus Gründen, die unterschiedlicher Art sein mochten. Sie alle hatten den Krieg verloren, etliche von ihnen vielleicht schon zum wiederholten Male.

Plötzlich ging ein Raunen durch die kleine Menge, ein verhaltenes, eher gedämpftes, gerade so, als wolle keiner sich die Überraschung, die mit dem Öffnen der kleinen Tür zum Nebengelass sich vollzog, anmerken lassen. Kruse senkte seine Zeitung und wagte sich aus seiner Deckung. Neben seinem Onkel sah er zwei Personen Platz nehmen. Beide hatten ihm den Rücken zugekehrt, so dass er bei dem Mann nur Vermutungen anstellen konnte, wer das sei. Die andere Person kannte er. Mathilda trug eine derbe rotbraune Lederjacke, die langen Haare mühsam zu einer Art Zopf gebändigt. Sie ließ sich von Lucalino, dessen Gesicht Kruse nun deutlich erkennen konnte, eine Zigarette geben. Ihre Hand hielt eine Bierflasche, ohne dass sie in der folgenden Zeit auch nur einmal ansetzte, um daraus zu trinken. Kruse wurde augenblicklich heiß, er wollte die Krawatte lockern, bis ihm einfiel, dass er gar keine trug. Auf kuriose Weise verschränkte er die Beine unter seinem Stuhl, seine Hand spielte nervös mit der Zigarettenschachtel. Mathilda – niemals wähnte er sich näher an der Flammentür des Wahns als in diesem Moment. Der andere Mann, das Raunen der Gäste des ›Lipatti‹ galt offenbar ihm, schien der von Romana beschriebene Walther, Betreiber des Etablissements, zu sein. Er bildete das Zentrum der Unterhaltung. Kruse saß gut zehn Meter von ihnen entfernt, und so konnte er nicht verstehen oder auch nur ahnen, worum es in der Unterredung ging. Es war nicht ungefährlich, sich weiter nach vorn zu bewegen, zu leicht hätte er Aufsehen erregen können. In dem Moment, als er es tun wollte und sich erhob, legte sich eine Hand auf seine Schultern. Er schrak zusammen.

»Ganz ruhig, junger Mann.« Romana lächelte ihn auf eine matte und teilnahmslose Weise an. »Wollen Sie etwas trinken.«

Kruse war versucht, sie anzusprechen, ihr auf irgendeine Weise verständlich zu machen, dass sie sich kennen würden. Was natürlich stimmte auf eine Weise, und andererseits eben überhaupt nicht stimmte. Romana war ein junges Mädchen, das die Gäste bediente, eine Angestellte des Lokals. Er starrte sie unbeholfen an, unfähig, eine Bestellung aufzugeben.

»Na, dann überlegen Sie es sich noch einmal. Aber nur Herumsitzen ist hier nicht gern gesehen, wenn Sie verstehen.«

»Bringen Sie mir ein Glas Wasser«, stammelte Kruse hervor. Nicht eben originell, aber es kostete ihn enorme Mühe.

»Wasser, soso.«

Romana verschwand mit einem Tablett und einem schmutzstarren Lappen, mit dem sie im Vorbeigehen einige leere Tische streifte. Kruse setzte sich wieder und wartete darauf, dass ihm sein Glas Wasser gebracht wurde. Der andere nahm ungefragt einen Stuhl, stellte ihn verkehrtherum mit der Lehne nach vorn und setzte sich provozierend Kruse gegenüber. Er nahm sich eine Zigarette aus Kruses Schachtel, es war die letzte.

»Wenn Sie gestatten?«

Er hielt die Zigarette in die Luft. Kruse griff zu seinen Streichhölzern, die auf dem Tisch lagen, um dem anderen Feuer zu geben. Die Situation war unbehaglich. Der andere lächelte lautlos und ließ die Zigarette in der Jackentasche verschwinden. Das Streichholz brannte weiter vor sich hin.

»Verbrennen Sie sich nicht die Fingerchen.«

Er sagte tatsächlich ›Fingerchen‹, Kruse war empört. Lässig blies der andere das Streichholz in Kruses Hand aus.

»Sie sind neu hier. Ich hab' Sie jedenfalls noch nicht gesehen.«

»Jeder war irgendwann einmal zum ersten Mal hier. Sie doch auch, oder?«

»Das ist nicht die Frage.«

Der andere fixierte Kruse mit einem Blick, der nicht darauf schließen lassen konnte, dass er ihn in eine freundliche Plauderei verwickeln wollte.

»Die Frage ist«, fuhr er fort, »warum einer wie Sie hier plötzlich auftaucht. Ich bin von Natur aus kein misstrauischer Mensch, aber die Leute hier« – er blickte sich um, und Kruse schien es, als richteten sich die Augen aller nur auf sie beide – »sie sind ein wenig ängstlich, um nicht zu sagen, hysterisch. Und wer wollte es ihnen verdenken, ich gewiss nicht.«

Er beugte sich lässig über die Lehne und sprang Kruse förmlich ins Gesicht. Kruse wollte etwas erwidern. Aber der andere ließ ihn nicht dazu kommen.

»Ich weiß nicht, wer Sie sind, und offen gestanden, es interessiert mich auch nicht. Aber ihre Visage missfällt mir. Irgendetwas sagt mir, dass Sie nicht aus denselben Gründen hier sind wie die anderen. Sie sind ein Fremder, der hier nichts zu suchen hat, wenn Sie meine Meinung interessiert.«

Romana brachte ein Glas Wasser und stellte es zwischen die beiden auf den Tisch. Es schien eine hilfreiche Geste zu sein, weil es den anderen für einen Moment irritierte und Kruse die Gelegenheit gab, sich ein wenig zu sammeln.

»Ach, wissen Sie«, Kruse blickte blasiert zur Decke und machte eine Pause, die er für kunstvoll, zumindest gelungen hielt, »Ihre Meinung interessiert mich einen Scheißdreck. Und ja – Sie haben Recht, ich bin aus anderen Gründen hier; Gründen, die Sie überhaupt nichts angehen. Wenn Sie das Gefühl haben, ich sei hier, um Ihnen etwas zu nehmen, ihre kleine beschissene Existenz in Frage zu stellen, dann sollten Sie nicht allzu sicher sein, das dem nicht so wäre. Und jetzt mal ganz ehrlich, Eduardo, finden Sie nicht, dass es im ›Lipatti‹ nicht doch ein wenig lausig ist, für einen Künstler ihres Ranges?«

Die Augen Eduardos zogen sich zu kleinen Schlitzen zusammen. Jedoch nur für einen kleinen Moment, zu kurz für Kruse, um den Triumph genießen zu können. Er hatte ihn auf den ersten Blick erkannt, mehr noch, er hatte ihn erwartet. Selbstverständlich musste der Geiger an diesem Abend an diesem Ort erscheinen. Die Hinweise darauf waren mehr als deutlich gewesen. Kruse kostete es nach Maßen aus, einmal im Vorteil zu sein. Informationen waren die Währung dieser Tage. Er hatte gelernt. Auch wenn er wusste, er würde auf mehr als gefährliche Weise sich aus seiner Tarnung wagen. Aber es obsiegte dann doch sein verletzter Stolz, sich von einem Jüngling wie Eduardo hier kleinmachen zu lassen. Der Geiger setzte wieder sein mattes Lächeln auf und atmete tief ein, als wolle er zu einer Erwiderung ansetzen. Überraschenderweise ließ er es aber beim Lächeln bewenden.

»Sie kennen sich gut aus, wie? Dann erklären Sie mir doch freundlicherweise eines: Sie haben hinter der Säule Platz genommen und meinen Freund an der Tür dort beobachtet. Dann sind Sie mit einer Zeitung wie ein Vollidiot einmal durch den Raum gewandert. Als die anderen Herrschaften vorn an der Bar Platz genommen haben, sind Sie nervös wie ein kleiner Schuljunge auf ihrem Platz herumgerutscht und haben Ihre Zigarettenschachtel malträtiert. Sie sehen nicht aus wie jemand, der wartet. Was wollen Sie?«

Kruse stürzte sein Wasser in einem Zug herunter. Es war kalt und herrlich.

»Ich weiß beim besten Willen nicht, wieso ich Ihnen antworten sollte, Eduardo. Ich habe Sie nicht gebeten, an meinem Tisch Platz zu nehmen. Und die Herrschaften, von denen Sie sprachen – ich kenne Sie nicht. Sie irren sich.«

Kruse überlegte einen Augenblick, wie weit er gehen könne. Ob er Eduardo mit seinem spärlichen Wissen, eher seinen Ahnungen bezüglich krummer Geschäfte, konfrontieren sollte. Er ließ es bleiben, vor allem, weil er nichts wusste, nichts in der

Hand hatte, womit er dem Anderen wirklich hätte gefährlich werden können. Er ließ es bei der Andeutung bewenden, etwas über ihn zu wissen. Alles andere in diesem Augenblick wäre zu gefährlich gewesen.

»Aber wenn es Sie beruhigt, ich habe keinerlei Interesse an Ihrer Person wie auch an den geschäftlichen Verpflichtungen, die Sie eingehen. Ich schlage vor, Sie gehen zu Ihren Freunden an die Bar und lassen mich einfach in Ruhe. Es wird das Beste sein für uns beide. Man soll nicht immer alles wissen wollen. Auch Nichtinformationen können hilfreich sein. Das sollten Sie doch gelernt haben.«

»Vielen Dank jedenfalls für die Zigarette.« Eduardo erhob sich zum Gehen.

»Keine Ursache. Gern geschehen«, log Kruse.

Es wurde höchste Zeit, das Lokal zu verlassen, ehe Eduardo seinen Freunden an der Bar signalisieren konnte, wer sich im Lokal aufhielt. Kruse sah nach der Tür. Sie war in weniger als drei Sekunden zu erreichen. Achtlos warf er ein paar Münzen auf den Tisch und stürzte zum Ausgang. Als er sie erreicht hatte, sah er sich um und schaute in die Augen Mathildas, die von der Bar zu ihm herüber sah. Der Blick traf ihn auf erwartete wie unerwartete Weise. Ein Film in blitzartiger Geschwindigkeit, wie im Moment des Sterbens. Kruse musste gehen und wusste, es war falsch, zu gehen. Er schloss die Tür hinter sich und ging einige Schritte die Via Merghellina aufwärts. Er versuchte seine Gedanken zu ordnen. Zurück in die Bar konnte er nicht, heute nicht und wohl auch zukünftig nicht. Seine Tarnung war passé. Sowohl Eduardo als auch Mathilda würden ihn jederzeit erkennen, welch lächerliche Verkleidung er auch immer anlegen mochte. Andererseits war er sich sicher, nirgendwo anders als dort konnte er in Erfahrung bringen, was auch immer er suchte. Er haderte, nicht zum ersten Mal, mit seinem … – er traute sich nicht, das Wort ›Schicksal‹ dafür zu bemühen. Schließlich hatte sein Leben begonnen, ein paar, wenn auch nicht geordnete, so doch nachvollziehbare und wenigstens gleichmäßig dahinlaufende Bahnen anzunehmen. Und mit der kurios verspäteten Entgegennahme des Nachlasses schien ihm, als sei alles im Leben aus dem Ruder gelaufen. Ein wochenlanger Alptraum hatte begonnen, nur eben um die Nuance bereichert, dass dies kein Traum war, sondern er eine Art Zwitterexistenz zwischen Realität und quasi erworbener Realität führte. Die schleifenden Schnitte dazwischen verkomplizierten die Wahrnehmung, und sie machten es unmöglich, sich auf Gewissheiten zu verlassen, denn sobald eine Sache ihm als »gewiss« erschien, so machte eine weitere »Ungewissheit« diese wieder unwahrscheinlich. Kruse wähnte sich in einem Gestrüpp, und die urplötzlich aufflammende Zuneigung zu Mathilda machte es unmöglich, auch nur einen halbwegs vernünftigen Gedanken zu denken. Was dies alles mit seinem Leben zu tun hatte, warum ausgerechnet er dazu auserkoren schien, im Leben der anderen herumzustochern wie in einem alten Keller – er wusste es nicht. Er konnte auch nicht den nächsten Zeitenwechsel abwarten und einen Zug besteigen, nach Hause fahren, Carla ein paar dürftige Erklärungen abgeben. Freilich, er hätte sie zum Essen einladen müssen, nicht irgendwo. Er hätte etliches zu erklären, es würde ein langer Abend werden, der gehörig ins Geld gehen würde. Er müsste sich mit Lügen, Hilfslügen, Notlügen, Phantasiegebilden präparieren. Er war nicht gut darin, aber es würde ihm schon irgendwie gelingen. Der Abend wäre es wert, mehr als wert gewesen, wenn Kruse die Sicherheit gehabt hätte, danach sei alles gut, alles bereinigt. Doch das gespensterhafte Wesen seines Zwischenaufenthaltes in Neapel, was immer es war, er hatte es auszuhalten. Kruse machte auf dem Absatz kehrt und ging zurück zum »Lipatti«, getrieben von einer Idee, die ihn mit widerlicher Energie anfiel.

Das Hoftor des Hauses neben dem »Lipatti« ließ sich mit einigen kräftigen Stößen öffnen. Kruse tastete sich durch den dunklen Eingang, nach einigen Metern erreichte er einen Innenhof. Vor ihm sprang eine Katze vom Dach eines Schuppens und starrte ihn mit grünlich leuchtenden Augen an. Kruse verscheuchte sie mit einem gedämpften Zischen. Ohne ein Licht zu benötigen, tastete er sich an der Mauer zum nebenanliegenden Innenhof entlang. Als sein Fuß gegen einen Stapel Obstkisten stieß, entzündete er das erste Streichholz. Im flackernden Licht leuchtete die Kulisse kurz auf, lang genug, um sich zu orientieren. Kruse stellte mehrere Kisten übereinander und schwang sich über die Mauer. Auf der anderen Seite angekommen, klopfte er sich den Staub von Jacke und Hose, als würde es in diesem Augenblick darauf ankommen, einen tadellosen Eindruck zu hinterlassen. Er zündete das zweite Streichholz an, um sich einen Eindruck von dem Hof zu machen. In der Schachtel waren nur mehr sechs Hölzer; er musste also sparsam sein. Vorsichtig wendete er sich nach links zur Rückseite des Hauses hin, mit der Hand die kleine Flamme schützend. Er entdeckte eine kleine Tür, neben der Kisten mit leeren Flaschen stapelweise aufgeschichtet waren. Neben den Kisten befand sich eine Tür. Sie war verschlossen. Kruse hatte nichts anderes erwartet. Mit der Sicherheit desjenigen, der weiß, was er zu tun hat, warf er sich gegen die Tür. Sie gab keinen Zentimeter nach. Kruse rieb sich die schmerzende Schulter. Während er überlegte, zu einem erneuten Versuch anzusetzen – es war nicht ungefährlich, weniger der schmerzenden Schulter wegen, mehr des nicht geringen Lärms halber, den er verursachte – hörte er Schritte. Er wusste nicht, wo er sich verstecken sollte; es war in der Finsternis nichts zu erkennen, wohinter man sich verbergen konnte. Also blieb er stehen und rührte sich nicht. Ein Schlüssel ächzte im Schloss, und die Tür öffnete sich einen kleinen Spalt. Licht fiel auf den Hof. Romana, die Kellnerin, in der Hand einen Korb, stand und schüttete Essensreste auf einen Haufen. Kruse sprang aus seiner Deckung und hielt ihr die Hand vor den Mund. Er hätte nicht einen Moment gezögert, sie zu erwürgen, wenn sie geschrien hätte.

»Pssst, Romana, *silenzio* …«, zischte er. »Es ist alles in Ordnung, wenn Sie den Mund halten.«

»Was wollen Sie?«

Sie hatte ihn an der Stimme erkannt, der Mann mit dem Glas Wasser und der seltsamen Unterredung mit Signore Eduardo.

»Ich bin nicht hier, um irgendwem irgendetwas zu tun, das sollten Sie mir glauben.

Aber ich muss hier herein. Ist das der Raum, in den man gelangt, wenn man durch die kleine Tür neben der Bar geht?«

»Ja, es ist das Lager. Aber nur Bebel hat den Schlüssel. Was wollen Sie?«

Romana löste sich aus der Umklammerung. Sie war so gänzlich ohne Angst und sah Kruse ins Gesicht.

»Welcher Bebel?« Der Name hinterließ bei Kruse eine furchtbare Wirkung. Freilich wusste er im selben Augenblick, Walther, der schmierige Besitzer der Emigrantenbar – es war Bebel, der künftige Mann Mathildas, der Vater Jaspers.

»Für wen arbeiten Sie, was wollen Sie hier bei uns?«

Romana stellte sehr sachlich und nüchtern Fragen, die Kruse nicht beantworten konnte.

»Es ist eine Privatangelegenheit. Hören Sie, ich muss hier herein und Sie werden mich hereinlassen.«

Kruse holte tief Luft.

»Wenn Sie den Mund halten, verspreche ich Ihnen, Ihren Mann wiederzusehen.«

Romana wich einen Schritt zurück.

»Wo ist er? Wie geht es ihm? Was wissen Sie von ihm?«

»Es geht ihm den Umständen entsprechend gut. Er ist in einem Lager. Nicht mehr lange, wenn Sie mir einen Gefallen tun. Es hängt von Ihnen ab, ausschließlich von Ihnen.«

Kruse fühlte sich elend und hätte sich auf der Stelle übergeben mögen. Der Preis, den er einging, er war um einiges zu hoch. Niemand gab ihm das Recht, mit der Hoffnung der anderen zu spielen, nur weil er im unverdienten Vorteil von Informationen war. Dass diese Informationen auch noch von Romana, einem Gespräch mit ihr, Jahrzehnte später selbst stammten, es machte die Sache nur noch perfider.

»Kommen Sie!« Sie nahm ihn bei der Hand. »Hier unten ist das Lager, dort hinten eine Art Büro. Ich kenne es nicht. Niemand kennt es. Manchmal zieht Walther sich mit seinen Leuten dorthin zurück. Ich lasse die Tür zum Hof offen. Es ist eigentlich strengstens verboten. Aber so kommen Sie wenigstens wieder heraus. Ich muss wieder nach oben, sonst werden sie misstrauisch.«

Wieder sah sie Kruse an, sie musste ihn nichts fragen. In den Augen glomm ein Hoffnungsstrahlen; die Hoffnung darauf, ihren Mann wiederzusehen.

»Machen Sie sich keine Gedanken. Alles wird gut, Romana. Alles. Gehen Sie jetzt. Und danke, dass Sie mir geholfen haben.«

Wortlos stieg Romana eine Leiter hinauf, nicht ohne sich oben an der Tür noch einmal umgeblickt zu haben. Kruse nickte ihr stumm zu. Dann endlich kotzte er in eine Ecke.

Der Raum war mit einer dicken Kalkschicht belegt, jeder Schritt verursachte Spuren darauf. Im Vergleich zur Enge des Obergeschosses schien er überdimensional groß, er hatte eine nahezu hallenartige Größe. Ein schräg abwärtsverlaufendes Abflussrohr durchzog ihn von rechts nach links. Die kleine morsche Tür rechts führte zu einem Waschraum. Sie ließ sich nicht verschließen. Zwei weitere Türen im Raum, eine direkt vor ihm, die andere neben dem Waschraum. Kruse inspizierte sie. Die neben dem Waschraum ging in ein Lager über, die andere fand er verschlossen. Es war wohl das von Romana erwähnte Büro. Die Stufenleiter führte in den Gastraum nach oben. Kruse richtete sich ein, eine lange Zeit zu warten. Einzig sicher war er, dass Romana ihn nicht an Bebel und die anderen verraten würde. Es war kein Triumph, eher das Gegenteil, das Eingeständnis einer Niederlage. Er hockte sich auf den Kalk, die Arme fest um die Knie geschlossen, reglos, eingefroren. Er harrte der Dinge die kämen, wissend, alles, was folgte, es gehorchte nicht ihm. Wie das Wenigste dieser Tage, aber er hatte sein Möglichstes wie auch das Unmöglichste, Undenkbarste getan, um bereit zu sein. Sollte er Jasper jemals wiedersehen, war zumindest dieses ihm gegenüber auf der Habenseite zu verbuchen.

Er wusste nicht, wie lange er so da gehockt hatte, ob Minuten oder eine halbe Nacht. In flüchtige, wirre Gedanken versunken, wartete er drauf, dass etwas geschah. Willens, nicht eher den Ort zu verlassen, ehe er etwas über die seltsame Verbindung dieser

Menschen herausgefunden hatte. Nichts weniger als die Urgeschichte dessen, was vierzig Jahre später in der Agentur in Wittenberg in einem legendären Fischessen kulminieren sollte.

Die kleine Tür oberhalb der Stufenleiter wurde aufgestoßen, gedämpfter Kneipenlärm flutete die Stille. Kruse richtete sich langsam aus seiner Erstarrung auf, drückte sich in eine Ecke. Das Herz schlug ihm deutlich hörbar im Hals. Mathilda war die Erste, die die Leiter herunterstieg. Kruse erkannte ihre großen Füße, die in den braunen Lederschnallenschuhen steckten. Vorsichtig und lautlos glitt sie die Stufen herab. Unten angekommen, zog sie die rotbraune Lederjacke aus und legte sie über den Arm, wartend auf die anderen. Ihr folgte Lucalino. Behände nahm er jeweils zwei Sprossen der Leiter mit einem Male. Mit einem lauten Knall sprang er auf den Kalkboden. Klopfte sich die Hosen seines Anzugs ab. Kurz darauf kam Bebel unten an. Kruse betrachtete aus seinem Versteck heraus die klobigen Proletarierhände. Hände, die furchteinflößend groß waren und einen unerschöpflichen Vorrat an Gemeinheiten und Brutalitäten zu bergen schienen. Als Letzter folgte, umständlich und deutlich mehr Zeit benötigend, Eduardo, der Geiger. Die vier sprachen kein Wort miteinander, was Kruse schließen ließ, sie kämen wohl des Öfteren hier unten zusammen. Bebel zog einen Schlüsselbund aus der Jackentasche und öffnete die Tür zu dem Raum, den Romana als Büro bezeichnet hatte. Sie betraten nacheinander das Zimmer. Bebel sperrte die Tür hinter Eduardo zu. Kruse schlich hinterher und versuchte, durch die verschlossene Tür etwas zu hören. Es war unmöglich. Er ging hinüber in den Waschraum, der direkt an das Büro angrenzte, in der Hoffnung, von dort etwas mitbekommen zu können. Der Waschraum war in komplette Finsternis gehüllt. Kruse wagte nicht, nach einem Lichtschalter zu suchen. Er entzündete stattdessen eines seiner sechs verbliebenen Streichhölzer. Eine Reihe Waschbecken grenzte an die Wand, die den Raum vom Büro trennte. Kruse suchte nach einer löchrigen Stelle im Mauerwerk. Zwei weitere Streichhölzer hauchten bei dieser Suche ihr Leben aus. Es war nichts zu machen. Im Moment, da er den Rückweg antreten wollte, öffnete sich die Tür. Kruse drückte sich neben den Eingang. Lucalino betrat den Raum und suchte nach einem Lichtschalter, betätigte ihn mehrere Male. Doch das Licht ging nicht an. Kruse hörte ein unterdrücktes Fluchen seines Onkels. Dann entleerte Lucalino geräuschvoll seine Blase ins Pissoir. Die Dunkelheit schützte Kruse vor Entdeckung. Sein Atem ging flach, er mühte sich um absolute Stille. Lucalino schlich zurück zur Tür, ohne Kruse bemerkt zu haben. Der ließ einige Sekunden verstreichen, ehe er seinem Onkel folgte. Lucalino hatte das Büro wieder betreten und die Tür wohl unabsichtlich einen Spaltbreit offen gelassen. Kruse stellte sich in Positur, wissend, würde jemand plötzlich aus dem Raum kommen, er stünde ungeschützt und ohne Deckung da. Durch die Türöffnung sah er den vorderen Teil eines großen Holztischs. Mathilda saß an der Stirnseite, rechts neben ihr Eduardo, links Lucalino. ›Die heilige Dreifaltigkeit‹, dachte Kruse. Bebel konnte er nicht erkennen, er stand offenbar im Raum. Auf dem Tisch stand eine geöffnete Flasche mit bräunlichem Schnaps, daneben mehrere Gläser, aus denen immer wieder jemand einen Schluck nahm. Mehrere Packen Geldscheine lagen verstreut zwischen den Gläsern, dazu eine Pistole und ein Messer von furchteinflößender Metzgerart. Obwohl die Tür geöffnet war, brauchte Kruse doch einige Sekunden, um die aus dem Raum dringenden Stimmen genauer orten zu können. Es war wohl Bebel, der sprach; zunächst konnte Kruse nur einzelne Wortfetzen hören. Es schien sich um die Proklamation einer Geschäftsauflösung zu handeln, die Worte »Abschlussrechnung« und »Ende«, den Satz »Es muss jeder für sich selbst sorgen, jetzt« – das konnte Kruse deutlich hören.

»Wieso denn jetzt?«, fragte Eduardo.

»Weil es vorbei ist. Ihr steht auf einer Liste, ich habe sie heute Morgen bekommen. Es ist überhaupt ein Wunder, dass ihr alle noch hier sitzt. Wenn es anders gelaufen wäre, säßet ihr schon alle im Knast oder noch schlimmer.«

»Die Frage war: wieso gerade jetzt?« Das war die Stimme Lucalinos. »Warum stehen wir plötzlich auf der Liste. Niemand hat sich bislang darum gekümmert. Irgendwas gefällt mir daran nicht.«

»Das, mein Lieber, ist genau die Frage, die ich euch stellen wollte«, antwortete Bebel. »Irgendetwas daran passt mir nicht, irgendetwas kommt da nicht zusammen. Sag du es mir doch, Mathilda. Wieso gerade jetzt? Warum kommen euch Leute auf die Schliche, nachdem doch alles so bestens gelaufen ist die Wochen und Monate zuvor.«

Mathilda antwortete nicht, nahm stattdessen einen tiefen Zug aus dem Glas.

»Ihr könnt von Glück reden«, fing Bebel wieder an, »dass ich gute Verbindungen zu einigen Leuten habe, unter anderem jenen, die euch an den Kragen wollen. Sonst säßen wir hier nicht so friedvoll zusammen.«

»Moment mal«, warf Mathilda ein, »du redest immer nur von uns, als würdest du nicht dazugehören. Niemand hier in dieser Runde kann sich so einfach rausnehmen. Und nur weil über dich alle Geschäfte ablaufen und wir hier die dreckige Kleinarbeit machen, so hängst du genauso drin wie wir auch. Oder habe ich da etwas übersehen? Du ödest mich an mit deiner Wichtigtuerei. Wenn wir hochgehen, dann kommst du mit, da nützen dir deine ach so tollen Verbindungen auch nichts. Wir betreiben schließlich keinen simplen Kirchenraub, oder?«

»Beruhige dich doch, Mathilda. Es wird sich schon klären lassen. Aber wichtiger ist, was wir jetzt machen, nachdem das Geschäft aufgelöst ist, wie Meister Bebel verkündet hat.«

»Nenn mich nicht Meister, du Arschloch!«

Kruse sah, wie Bebel Eduardo an den Kragen ging und ihn fast aus dem Stuhl zerrte. Lucalino schwieg. Die Situation war hochgradig explosiv, und noch immer hatte Kruse keinen Schimmer, worum es eigentlich ging. Bebel ließ von Eduardo ab und steckte sich das herausgerutschte Hemd in den Hosenbund.

»Ihr kotzt mich an, alle miteinander. Was glaubt ihr, warum sitzen wir hier? Ich hätte euch alle hochgehen lassen können, und noch ehe ihr irgendetwas zu Protokoll hättet geben können, würdet ihr alle schön nebeneinander am Galgen hängen. Der einzige Grund, warum ich euch noch einmal sehen wollte, ist von euch zu erfahren, wer der kleine dreckige Maulwurf ist, der unser kleines, aber erfolgreiches Familienunternehmen so aufs Spiel gesetzt hat. Ich schwöre euch, keiner verlässt den Raum, bis ich es nicht von euch erfahren habe, von einem von euch. Ich gehe nicht, und ihr geht auch nicht. Ihr könnt auch nirgendwo hin, jedenfalls nicht ohne mich. Eduardo hat schon Recht, ihr solltet euch langsam Gedanken machen, wie es weitergeht mit jedem einzelnen von euch. Also … ich warte.«

»Walther, was soll das«, fauchte Lucalino. »Das ist doch Quatsch, zu glauben, einer von uns. Wir sind doch nicht bescheuert.«

»O doch, das seid ihr. Bescheuert bis ins Mark. Korrupt oder bekloppt. Wie auch immer. Ich mag es nicht, wenn man mich hintergeht. Ich bin persönlich beleidigt, wenn man mir so etwas antut. Ich habe gut gesorgt für euch die letzten Monate. Ohne mich wärt ihr nichts. Guckt euch die armen Idioten da oben an, die leeren, von jeder Hoffnung verlassenen Visagen. Genau solch ein Gesicht würdet ihr auftragen jeden Tag, ohne mich. Genau so leer, so desillusioniert, so tot. Ohne mich! Mich! Mich! Also, ihr steht auf der Liste. Ihr, wohlgemerkt, nicht ich. Eine Liste der meistgesuchten Personen dieser Tage. Morgen früh, kurz, nachdem die Druckerpressen angeworfen werden, hängen eure Visagen zu Tausenden an den Straßenecken. Jeder Ganove, jeder halbverhungerte Gassenköter wird sich eure Fressen einprägen in der Hoffung, einen von euch zu finden, abzuliefern und eine nicht unerhebliche Belohnung dafür einzusammeln. Ganz zu schweigen vom Heer der MPs, der italienischen Hilfspolizisten, der Blockwarte, der Straßenbeauftragten. Jede Hausfrau, jedes streunende Kind wird euch kennen. Niemand wird euch verstecken. Dein Dachboden, Lucalino, ist nicht sicher. Und deine Friedhofsgruft schon gar nicht, Schätzchen.«

Mathilda schleuderte ihm den Rest ihres Schnapsglases ins Gesicht. Bebel lächelte.

»Nur nicht so hitzig, junge Dame.«

»Leck mich, Walther. Ich war's nicht. Warum sollte ich es sein. Warum überhaupt einer von uns?«

Finster brütend starrten die drei am Tisch Sitzenden vor sich hin. Wieder war es Bebel, der den Faden aufnahm.

»Wer weiß, vielleicht sind sie schon da oben, durchkämmen den Laden. Es dauert nicht lange, bis ihnen Romana die Tür zum Keller aufschließt. Vielleicht stehen sie schon auf dem Hof, euch in Empfang zu nehmen, wenn ihr zum Hinterausgang rauswollt. Ich hingegen habe noch eine Menge Zeit. Der Abend ist noch jung. Trinken wir darauf. Darf ich nachschenken?«

Ohne eine Antwort abzuwarten, tat er es, offensichtlich den Triumph genießend, die anderen zu demütigen.

Lucalino hob sein Glas wie zu einem Trinkspruch: »Du weißt doch immer alles. Warum also sollte es diesmal anders sein. Nur um den Moment auszukosten, einen von uns im Staub kriechen zu sehen? Das passt nicht zu dir, du hältst dich auch sonst nicht mit Kleinigkeiten auf.«

»Darf ich das als Schuldanerkennung werten?«, fragte der Geiger.

»Halt's Maul, du Idiot!«, schnarrte ihn Lucalino an.

Dann polterte ein Stuhl. Mathilda war aufgesprungen, um zu gehen. Sie hatte die Hand an der Tür. Kruse wich einen Schritt zurück und hielt den Atem an. Zu seinem Glück wurde Mathilda von Bebel aufgehalten. Er versperrte ihr den Weg.

»Das wird mir zu blöd mit euch. Macht das untereinander aus.« Mathilda schlug Bebel ins Gesicht. Ein Handgemenge entstand. Der Geräuschkulisse nach zu urteilen, hatten auch Lucalino und Eduardo sich erhoben. Kruse hörte, wie Gläser umfielen und am Boden zerbrachen. Bebel schlug die Tür zu, dann fiel ein Schuss. Eine grauenhafte Stille entstand. Kruse horchte abwechselnd zum nun geschlossenen Büro wie zur oberhalb der Leiter gelegenen Tür hin. Den Schuss musste man auch in der Bar gehört haben. Bebel schrie, man konnte ihn gut durch die Tür verstehen. Und offenbar war er es, der den Schuss abgegeben hatte. Kruse freilich wusste, dass er niemanden getötet haben konnte.

»Du bist ein dreckiger kleinkrimineller Wicht, weiter nichts«, brüllte Lucalino, »und jetzt hast du uns in der Hand, sagst du.

Womit? Mit ein paar Hinweisen deiner Freunde in der Verwaltung? Du glaubst, diese Menschen gehören genauso zu deinem Spinnennetz wie der Rest der Welt? Vielleicht. Vielleicht irrst du dich aber auch. Du denkst, weil du ihnen ein paar Nutten und ein paar Pullen Whisky verschafft hast, würden sie dich nicht über die Klinge springen lassen? Was macht dich da so sicher? Glaubst du nicht, du würdest keine fünf Minuten nach uns am Galgen hängen?«

»Siehst du, Oskar«, entgegnete Bebel seelenruhig, »das unterscheidet uns. Es wird uns immer unterscheiden. Du bist ein aufgeblasener Kerl, der sich auf seine Belesenheit etwas einbildet. Du zerreibst dein junges Leben in der Rivalität zu unserem chilenischen Freund hier am Tisch. Wofür? Um die Gunst der liebreizenden Mathilda, nicht wahr? Ihr wollt beide nicht loslassen. Euch geht es ums Prinzip und eine diffuse Vorstellung von Glück. Dabei seid ihr noch – entschuldigt, dass ich es so sage – kleine grüne Jungs. Und ganz unter uns, Mathilda: Wie sollte man sie sonst nennen? Schau sie dir genau an. Nichts, was bleibt, wenn man den Daumen am Zeigefinger reibt. Tut mir leid, Schätzchen, und nichts für ungut, Jungs – aber so ist es.«

Mathilda, Lucalino und Eduardo schwiegen.

»Ihr glaubt es nicht? Ihr versteht nicht, was den Unterschied macht? Ich will es euch erklären. Ein für alle Mal. Ihr haltet mich für einen Bauern, grob, unfreundlich, brutal, ein Tier gar? Vielleicht habt ihr Recht. Aber ich halte nicht nur diesen Laden, dieses Geschäft am Laufen. Auch euer kümmerliches Dasein hängt an Fäden, die ich in den Fingern halte – auch wenn diese Finger nicht Klavier spielen können … Da liegt eine Pistole auf dem Tisch. Einer von euch könnte seinen Mut zusammennehmen und sie auf mich richten. Er könnte sagen: ›Stell dich an die Wand.‹ Und vielleicht sogar abdrücken. Was beweist das? Dass einer von euch Mut hat, Eier? Nein. Es beweist lediglich, dass derjenige ein Arschloch mit einer Pistole ist, der es wagt, eine Instanz, ein Gesetz infrage zu stellen. Und wie weit man mit so einem Makel auf der Lebensweste kommt in den heutigen Zeiten, muss ich hoffentlich nicht erklären. Das Ende der Via Merghellina jedenfalls würdet ihr nicht mehr sehen danach. Wenn ICH aber nun einen von euch bitten würde, sich an die Wand zu stellen mit erhobenen Händen. Ich würde dazu nicht einmal eine Waffe brauchen, ich würde euch bitten und überzeugen, dass es sinnvoll und notwendig wäre, einer höheren Idee wegen – ihr würdet es tun, habe ich Recht. Du tätest es, Eduardo, und du, Oskar, sowieso. Versteht ihr, ich habe einfach die besseren Argumente auf meiner Seite.«

»Und wenn ich es nicht täte, würdest du mich einfach erschießen, weil du natürlich trotzdem eine Waffe hast?«, fragte Eduardo.

»Darauf kannst du Gift nehmen.« Bebel kicherte irre.

»Ihr seid widerlich, alle miteinander!« Mathilda klang nicht empört, sondern nur noch resigniert.

»Halt, halt, meine Liebe, nicht so eilig. Wir wollen doch den Abend nicht beenden, bevor alle Geschenke verteilt sind, nicht wahr?«

»Was willst du, Bebel?« Mathilda sah ihn aus stumpfen Augen an.

»Du weißt nicht, wovon ich rede? Das enttäuscht mich, wirklich. Oder sollte Dottore Pettachi mich angelogen haben?«

»Was hast du mit dem Arzt zu schaffen, du Kotzbrocken?«, fauchte Mathilda.

»Wir sind Freunde, und wir plaudern gelegentlich miteinander. Was soll daran Schlimmes sein? Und natürlich reden wir auch über dich, das solltest du als ein Kompliment sehen, liebes Kind.

Und irgendwann konnte er nicht umhin, mich in Kenntnis zu setzen von der frohen Botschaft.«

»Was denn für eine frohe Botschaft?«, fuhr Lucalino dazwischen.

Mathilda sank nahezu tonlos in ihrem Stuhl zusammen: »Was willst du, Bebel?«

Der antwortete mit gespielter Empfindsamkeit: »Reg dich bitte nicht auf. Du in deinem Zustand brauchst vor allem Ruhe.«

»Was für ein Zustand?!«, brüllte Eduardo, der reinweg gar nichts mehr verstand.

»Du bist …«, Lucalino brachte den Satz nicht zu Ende.

»Ja.« Mit der kürzest möglichen Antwort schnitt Mathilda die Diskussion ab. Es klang wie das Fallen eines Beils.

Und darauf wieder Bebel mit blödsinniger Fröhlichkeit, die umso perfider wirkte, je sprachloser die anderen wurden: »Ja stellt euch vor, unsere Mathilda bekommt ein Kind. Ist das nicht ein Grund, zu feiern? Kommt, ich schenk' uns nach.«

Er hatte es ausgesprochen, was die anderen nicht einmal zu denken wagten, und er genoss diesen Triumph auf unsägliche Weise.

»Bleibt eigentlich nur eine Sache zu klären«, er tat nachgerade so, als fiele es ihm eben ein: »Wem von euch beiden darf man eigentlich gratulieren?« Spöttisch schaute er die beiden an; mit schmierenkomödiantischer Gespieltheit setzte er fort: »Irgendeiner muss doch der Glückliche sein, oder sollte ich mich täuschen, und es gäbe noch einen Dritten, Unbekannten?« Jetzt wandte er sich theatralisch an Mathilda.

Kruse rieb sich den Schweiß aus den Augen. Seine Hände zitterten.

»Ich finde, wir sollten wenigstens in diesem Punkte Klarheit haben, Mathilda«, lachte Bebel. »Und wer, wenn nicht du, könnte in dieser Angelegenheit Licht an den Tag bringen. Ich finde, du bist deinen Freunden und auch mir eine Antwort schuldig. Und ganz nebenbei, es würde den Verrat, den ich nach wie vor nicht billigen noch tolerieren kann, zumindest etwas erklärlicher erscheinen lassen. Auch mir ist bekannt, dass werdende Mütter mitunter zu irrationalen Handlungen neigen können. Also, Liebes, spann uns nicht auf die Folter. Sonst muss ich es wohl tun.«

Mathilda antwortete nicht. Kruse jagten Gedanken an den Thanbucha durch den Kopf, jenen geisterhaften philippinischen Mythos, von dem ihm Jasper erzählt hatte. Einem Bastard, gezeugt von einem Mann und einem Lustmolch. Ein abgetriebener Fötus, der Unglück über das Leben der Mütter bringt. Ein haarloses, rothäutiges Etwas mit glühenden Augen. Es konnte nicht sein. Freilich, auch er war mit Mathilda gewesen. Er weigerte sich, diesen Gedanken zu Ende zu denken. Jaspers Worte *Ich hätte mir einen anderen Vater gewünscht* dröhnten ihm unzählige Male im Ohr. Doch dieses Kind von Mathilda, es konnte nicht sein, dessen war er sich sicher.

Bebel sah nacheinander allen dreien ins Gesicht. Keiner sagte ein Wort.

»Nun gut, ihr wollt nicht. Du nicht, Mathilda, und ihr beiden Komiker auch nicht.

Kommen wir also zum Ausgangspunkt zurück. Ihr habt mir das Geschäft ruiniert. Wir hätten sagenhaft reich werden können miteinander. Abgesehen von der Tatsache, dass ein überaus angenehmer Nebeneffekt unserer Tätigkeit darstellt, die eigene Haut zu retten. Aber ich bin nicht nachtragend. Würdet ihr es für angemessen halten, eine kleine Probe aufs Exempel zu statuieren? Ich denke, wenn die liebe Mathilda es weiterhin vorzieht, darüber Schweigen zu wahren, wer der Vater des Kindes ist, so darf ich wohl kaum hoffen, in anderen Punkten mehr Offenheit von euch zu erlangen.«

»Möchtest du jetzt einen von uns ›bitten‹, sich an die Wand zu stellen, mit deinen zweifellos ›unschlagbaren‹ Argumenten?« Eduardo hatte nicht nur die Sprache, sondern auch eine Art Galgenhumor wiedergefunden.

»Wenn du glaubst, Bebel, es aus mir oder den beiden herauszukriegen, dann vergiss es ganz schnell. Seit eineinhalb Jahren willst du, dass ich zu dir komme, deine Geliebte werde, deine Frau, was weiß ich. Das Leben macht dir immer einen Strich durch die Rechnung. Du bist wirklich zu bedauern. Aber wenn es dich beruhigt: Ja, ich komme mit dir. Es geht niemanden etwas an, wer der Vater meines Kindes ist. Dich nicht, Oskar, dich auch nicht, Eduardo, und dich schon gar nicht, Bebel. Ich komme mit dir, ich werde deine Frau. Ich habe nur zwei Bedingungen.«

»Du überraschst mich immer aufs Neue, Mathilda.« Bebel lächelte etwas gequält. »Nun sag schon, was wünscht du dir?«

»Es ist so, wir haben dich verraten. Wir haben versucht, ohne dich hier herauszukommen. Das ging nur, wenn wir dich ans Messer liefern bei den Amerikanern. Wir haben dich vielleicht unterschätzt. Und haben dein Gerede über deine ach so großartigen Verbindungen immer für großspuriges Getue gehalten. Nun gut, so ist es eben manchmal. Deine albernen Rituale verlangen es wohl, dass Verräter bestraft werden sollen. Bitte, tu dir keinen Zwang an. Wenn du es für nötig hältst, dann soll es eben so sein. Meine erste Bedingung ist, du sorgst dafür, dass Eduardo und Oskar auf sicherem Weg aus der Stadt kommen. Meine zweite Bedingung ist, was du ihnen antust, das wirst du auch mir antun und ich werde dir dabei ins Gesicht schauen. Das ist alles, was ich zu sagen habe.«

Bebels Gesicht gefror zu einer Fratze. Unter Umständen, bei günstigem Verlauf der Unterredung wäre er bereit gewesen, nachzugeben, zu verzeihen vielleicht. Doch jetzt setzte ihn Mathilda unter Druck. Alle Trümpfe, über die er gebot, waren ausgespielt, keiner hatte gestochen. Und so dauerte es eine ganze Weile, ehe er die Situation überblickte und Sprache wie Fassung wiedererlangte. Mit umso erstaunlicherer Klarheit meinte er dann: »Für diesen Fall habe ich einen Vorschlag zu unterbreiten. Wenn ihr drei weiterhin vereint sein wollt auf die eine oder andere Weise, bitte sehr, niemand wird euch daran hindern. Ich am allerwenigsten. Im Gegenteil. Ja, ich werde euch helfen. Und dies sogar in mehrfacher Hinsicht. Ich helfe euch aus der Stadt heraus. Aber nur euch beiden, du, Mathilda, bleibst hier. Ich brauche noch ein wenig Hilfe im Geschäftlichen, und außerdem habe ich mich, wie soll ich sagen, so an dich gewöhnt. Ich könnte es nicht ertragen, euch alle drei auf einmal zu verlieren. Damit ihr aber für die Zeit eurer Trennung eine Art unvergänglicher Erinnerung aneinander habt, habe ich etwas für euch vorbereitet.«

Wiederum entstand eine dieser ekelhaften Pausen. Worin auch immer der Verrat einer der drei Personen bestehen mochte, sie waren schicksalhaft aneinander gekettet, und das Schicksal hieß Bebel. Kruse beschlich eine Ahnung des Kommenden. Gern hätte er sich davongeschlichen, aber auch diesen finalen Moment galt es auszuhalten, zu ertragen. Erneut begann Bebel. Von den anderen war schon lange Zeit nichts mehr zu hören.

»Zunächst zum Geschäftlichen. Den ausstehenden Lohn für die letzten Aktionen könnte ich euch jetzt auszahlen. Ich ziehe es vor, dies nicht zu tun; nicht, weil ihr mich sehr verletzt habt, sondern weil ich einige Ausgaben hatte in letzter Zeit, die allerdings eurem Fortkommen im wortwörtlichen Sinne dienlich sind. Morgen früh bricht eine Gruppe auf, ein Prozessionszug nach Posilippo. Irgendeine bescheuerte Madonna wird dort in einer Kirche geweiht. Ein Haufen Leute werden unterwegs sein. Es ist eine ideale Gelegenheit, die Stadt zu verlassen. Ein guter Freund von mir wird in dieser Gruppe sein. Niemand von euch kennt ihn, aber er hat ein Schiff dort liegen, das einige auserwählte Menschen aus Neapel bringen kann. Ihr beiden werdet dabei sein. Mit exquisiten Papieren ausgestattet. Nur die Namen fehlen noch in den Pässen. Dies zum einen. Jetzt zum etwas delikateren Teil. Ich versprach euch, ihr werdet in ewiger Erinnerung aneinander verbleiben. Ihr wart mir all die Jahre und Monate nicht nur lieb, sondern auch teuer, so dass ich glaube ein gewisses Recht zu haben, von euch etwas einzufordern. Etwas dass mir die Erinnerung an euch lebendig erhält. Es ist wie ein Versprechen, ein feierlicher Ritus. Freunde aus Fernost haben mir versichert, es hätte dort eine große Tradition und sei der Inbegriff eines Treueschwurs über den Tod hinaus. Gleichzeitig ist es auch eine Form der Bestrafung. Dies wollen wir doch bei allen familientechnischen Erörterungen heute Abend nicht außer Acht lassen. Ihr habt mich sehr wütend gemacht, und auch das Glück der lieben Mathilda kann mein Unglücklichsein über euch nicht wirklich besänftigen. Die Sache, die ich euch vorschlagen möchte, um die ich euch bitten möchte, stammt aus einer Zeit, als man noch mit Schwertern kämpfte. In Fällen schlimmsten Verrates war es nach dem Vollzug der reinigenden Handlung nicht mehr möglich, das Schwert auch nur zu halten. Ihr seht also, wenn ich mich dazu entschließe, die einfache Form des Rituals anzuwenden, dass ich euch nach wie vor gewogen und nicht allzu sehr gram bin. Man wird sogar noch Geige spielen können, Eduardo. Sag, dass ich ein Menschenfreund bin, Oskar.«

»Du bist ein Menschenfreund, Bebel.«

»Und so hätten wir eben zwei Fliegen mit einer Klappe geschlagen. Ihr werdet ein Leben lang euch erinnern können an den heutigen Tag, die Zeit hier. Und ich habe ein Zeichen eurer Loyalität und Treue.«

Der Gestank von Chloroform drang durch die angelehnte Tür. Ein Gestank, ekelhafter als alles, was Kruse zu riechen hatte in den letzten Tagen. Mathilda stieß einen spitzen erstickten Schrei aus. Sie war die Erste, der Bebel die Fingerkuppe abschnitt. Das große Fleischermesser, Kruse hatte es vor Augen, es lag nur zu diesem Zweck auf dem Tisch. Er hatte genug gesehen, genug gehört. Den Rest wusste er. Weder Eduardo noch Lucalino würden sich gegen die Prozedur wehren können.

Zum Teufel mit Jasper, der Vorsehung, dem ganzen Brimborium. Man hatte ihm, Kruse, etwas abverlangt. Und er war gefolgt, hatte das ihm Auferlegte getan, so gut er es eben vermochte. Aber immer in dem Bewusstsein, nichts zu tun, was dem Gang der Ereignisse irreparable Wendungen verleihen würde. Zur Hölle! Am Arsch! Er konnte sich kaum vorstellen, wie es Mathilda ergangen war nach dem bestialischen Initiationsritus des alten Bebel. Ihm war klar, die beiden Jungs, Lucalino und Eduardo würden aus der Stadt geschleust werden, irgendwie, auf einem von Bebels geheimen Schleichpfaden. Er hatte ihre Abreise organisiert wie er alles in dieser Stadt organisiert hatte. Freilich und vor allem, um mit Mathilda alleinzubleiben, sie endgültig abhängig von ihm zu machen. Sie blieb als Pfand zurück. Und sie hatte ein Leben lang die Rolle des Pfands zu spielen, was auch immer im kranken Hirn von Bebel sich zusammenbrauen würde. Dass der ganze schmierige Kriegs- und Nachkriegsmummenschanz in eine Filiale der staatlichen Künstleragentur münden würde – es klang wie ein schaler Witz. Sie hatte Anderes, Besseres verdient, befand Kruse. Auch er, Kruse, hatte Anderes, Besseres verdient. Sie? Warum nicht. Doch hatte sie nicht etwas Anderes, Besseres verdient als ihn? Die Frage stellte sich ihm nicht. Unbewusst verbot er sie sich, weil eine ernsthafte Beantwortung die kümmerlichen Reste seiner ohnehin vagen Existenz infrage gestellt hätte. Er war zu diesem Zeitpunkt durchaus bereit, ihr zu folgen, wohin auch immer, warum auch immer. Was hatte er auch, als sich zu entscheiden, und wenn ja – wofür oder wogegen hatte er die Wahl, sich zu entscheiden? Freilich war ihm klar, was immer er tat, es wäre wohl um den Preis, nicht mehr zurückkehren zu können. Wer einmal in die Speichen des Weltgetriebes eingreift, und sei es nur das Spindelrad einer gewaltigen Maschinerie, sei es, dass sein Griff in eben dieses Rad von kaum einer Handvoll Menschen bemerkt werden würde – die Meister verzeihen nicht, gestatten keine Eigenmächtigkeit und wohl auch keine Rückkehr. Was auch immer. Ein Leben lang warf man ihm den fatalen Hang zur Entscheidungslosigkeit vor, zu Recht vielleicht. Jetzt war er willens, bereit und fähig, zu entscheiden. Nur war da niemand, dem er hätte diese seine Entscheidung mitteilen können. Künstlerpech. Ja, ein Künstler hätte er sein wollen – Mathilda als Muse, als Modell, als Zwischenwesen aus Luftgestalt und Sinnenhaftigkeit mit sich nehmen wollen. Eine Reise ohne Ende, ohne Ziel. Ein Schwindel erfasste ihn beim Gehen, ein Unwohlsein wie damals beim Eintritt in die neapolitanische Unwelt. »Jetzt bitte nicht nach Hause, bitte jetzt noch nicht«, hörte er sich sagen, hörte er sich wie einem Fremden zu. Ehe ihm das Bewusstsein abhandenkam wie einem Touristen die Brieftasche: subtil, lautlos, unbemerkt.

Ein paar Leute standen um ihn herum, gestikulierten, redeten auf ihn ein, als er wieder bei Verstand war. Man hatte ihn auf eine Bank gelegt. Seine Schuhe waren bereits gestohlen worden. Er nahm es beruhigt zur Kenntnis, es gab ihm das absurd anmutende Gefühl, seiner Bitte um Verlängerung seines Aufenthaltes im Jahre 1943 wäre stattgegeben worden. Von wem? Es lohnte nicht die Mühe, darüber nachzudenken. Mühsam und noch immer leicht benommen erhob er sich und versuchte, ein paar Schritte zu gehen. Mit komischer Ehrfurcht wich die kleine Menge von Leuten um ihn auseinander, machte ihm Platz und bildete ein Spalier wie einem antiken Heroen nach siegreicher Schlacht. Absurd erschien ihm diese Travestie eines Triumphmarsches, denn was sollte er schon gewonnen oder vollbracht haben, außer aus einer eigenen Unpässlichkeit wenig öffentlichwirksam erwacht zu sein. Kruse eilte zum Englischen Friedhof, in der nicht mehr als vagen Hoffnung, Mathilda dort anzutreffen. Sicher wusste er, sie würde nicht dort sein, würde niemals wieder dort sein. Nichts anderes als weg würde sie sein, fort mit Bebel, auf einem anderen Weg als Lucalino und Eduardo. Doch wohin sonst hätte Kruse jetzt gehen sollen? Als er ankam, schien der Friedhof noch voller zu sein als bei seinen früheren Besuchen. Er schlug sich einen Weg durch die stumpf glotzende Meute. Unfreundlich verscheuchte er ein paar Obdachlose vom Eingang des Grabmals von Martha und Mary. Belustigt sahen sie ihm zu, wie er sich am Eingang zu schaffen machte. Kruse betrat die Katakombe, der mittlerweile vertraute Geruch schlug ihm entgegen. Er suchte nach einer Kerze, fand keine. Mit einem der letzten Streichhölzer erhellte er kurz den Raum, von seinen nackten Füßen aus über den leeren Tisch, die Wand, das leere trostlose Bett. Sie hatte fast alles mitgenommen, das Bild, das an die Stiftskirche erinnerte, das Backgammon-Spiel. Er legte sich auf das Bett und zog das blaue Laken über den Kopf. Stille und Finsternis. Er war zu spät gekommen. Noch sinnloser schien ihm sein Hiersein als in den Tagen zuvor. Es war ihm, als würde er belauscht von einem Tier, einem alten, blinden Tier, das neben ihm auf dem Bett saß. Ein allumfassendes Gefühl der Scham flutete seinen Körper. Erregt in ihrem Bett zu liegen, im Wissen um die Unerreichbarkeit. Jetzt konnte er es tun. Jetzt kam es auf nichts mehr an. Er zog sich nackt aus und vergrub sich wieder unter dem Laken. Das blinde Tier machte ein paar ächzende Geräusche, doch sie erreichten Kruses Sinne nicht mehr. Mehr konnte er Jasper nicht antun im Moment. Irgendwann verließ er hastig das Gelände des englischen Friedhofs.

Die Tiere hatten es als Erste bemerkt. Unruhig schnüffelnde Straßenköter hielten plötzlich inne und versteckten sich unter einem Torbogen. Katzen, die träge in der Mittagssonne dösten, erwachten unruhig und rannten die Straßen herab zu großen freien Plätzen. Ein Schwarm Vögel schrak auf, erhob sich in die Lüfte, beschrieb einen Kreis über der Ruine der Galleria und flatterte aufgeregt schnatternd davon in unbekannte Richtung. Die Pferde der Leicheneinsammler scharrten wütend mit den Füßen. Man hatte Mühe, sie festzuhalten, viel fehlte nicht, und sie wären samt der Wagen durchgegangen. Die Sonne schien warm an diesem Frühlingsmorgen auf das Plateau des Castel Sant'Elmo. Die blinden Zeiger der Uhr kündeten von einer Niemandsstunde, einer Niemandszeit. Und doch: Alle, die es erlebt hatten, konnten sich später daran erinnern, was genau sie zu jener Zeit getan hatten. Wie es Momenten der Katastrophe eigen ist, so brennt sich die Erinnerung an den Moment davor genauestens ein, mögen die Erinnerungen an das Danach und das Währenddessen noch so vage, undeutlich und verworren sein. Wie durch ein Lupenglas vergrößert erscheint der Augenblick des Beginns, und dies ist die letzte überprüfbare Wahrheit.

Kruse hockte in einem windgeschützten Winkel auf dem Hochplateau des majestätisch über der Stadt thronenden Castel Sant'Elmo. Vor sich hatte er eine aufgeschlagene Zeitung liegen, die bald im aufziehenden Wind davonflog. Und sicher, besser war es, sie flog davon, denn was Kruse gelesen hatte, immer wieder gelesen hatte, bis er es nahezu auswendig konnte, es trug nicht eben dazu bei, seine Stimmung zu erhellen. Eher zufällig war er an das Exemplar geraten, auf seinem Weg zum Castel hatte er es sich von einem Straßenverkäufer aufdrängen lassen. Die Gesichter Eduardos und seines Onkels, jugendliche Gesichter ohne Makel, ohne Spuren des Alterns, des Lebens überhaupt, blickten ihn von der ersten Seite an. Es handelte sich um die tags zuvor von Bebel avisierten Fahndungslisten. Er hatte zumindest den einen Teil der Drohung wahr gemacht und seine schützende Hand fortan nicht mehr über seine ehemaligen Geschäftspartner gehalten. Kruses Italienisch war ausreichend, um die kriminalistischen Fachbegriffe, die Vergehen, derer die beiden sich offenkundig schuldig gemacht hatten, zu übersetzen. Wenn auch nur ein Teil davon wahr wäre, so handelte es sich bei Bebels Truppe um eine hochkriminelle, hocheffiziente Truppe, die die Wirren dieser Tage auf widerliche Weise für sich zu nutzen gewusst hatte. Kaum ein Kapitalverbrechen, von Waffenbesitz angefangen über Menschenhandel, Passvergehen, Zollvergehen bis hin zum Menschenschmuggel, mit dem sie nicht in Verbindung gebracht wurden. Das Perfide dieser Liste oder Meldung war, dass Bebel, den Kruse nach wie vor für den logistischen und intellektuellen Kopf dieser Veranstaltung halten musste, mit keinem Wort erwähnt war. Auch von Mathilda war keine Rede, dies war, dem grausigen Initiations- und Bestrafungsritus im Keller des »Lipatti« nach auch nicht weiter verwunderlich. Sie hatte sich Bebel ergeben. Sie würde es bleiben, ein Leben lang, bis zu seinem Tode. Welche Macht auch Bebel über sie besaß, welchen Grund es geben sollte, dass sie bei ihm blieb, ihm einen Sohn gebar, Jahre später; oder ob sie sich in das scheinbar Unabänderliche einfach fügte – Kruse kapitulierte vor dieser erneuten, aber letztlich unwichtigen Fragestellung. Er hatte genug. Genug gesehen, genug erlebt. Eine Müdigkeit überkam ihn, wie oft in den letzten Wochen schon, aber diese schien von einer finalen, nichts und niemanden duldenden Kraft. Im Moment des Einschlafens, hier, in der windgeschützten Ecke des Castels, jenem Moment des Zwischenreiches, des Hinübergleitens von einer in die andere Welt, sah er nochmal die Gesichter der beiden. Doch plötzlich veränderten sie sich, das heißt, eigentlich blieben sie unbewegt, nur etwas auf ihnen nahm eine andere Form an. Als wenn eine Maske über sie gestülpt würde, eine Verkleidung oder Bemalung, um sie unkenntlich zu machen. Undeutlich und wie von sehr weit her sah Kruse dieser Veränderung zu. Er erkannte Tierfedern, ausgeschlagene Zähne, einen blutgetränkten Fetzen Stoff.

Es ist soweit. Ich habe es genau gespürt. Wenn man die Sätze nur noch in Wellen denken kann, Wellen, die über einen kommen, dann muss man loslaufen. Man läuft los und vergräbt alle hundert Kilometer einen

Zahn in der Erde, damit man den Rückweg auch findet. Laufen, laufen, laufen, wie ein Flaschengeist durch die Luft. Und alle hundert Kilometer steht ein Baum, eine schöne Eiche, und in ihrem Schatten vergräbt man einen Zahn, damit man den Rückweg auch findet, stimmt's. Doch die erste Eiche ist grün, und die letzte ist braun, die erste hat Blätter, und die letzte ist kahl, doch keiner merkt es, weil der Weg so weit ist, und weil die Unterschiede zwischen der ersten Eiche und der zweiten Eiche so gering sind, dass man sie nicht bemerkt, und auch die Unterschiede zwischen der zweiten und der dritten, und der dritten und der vierten sind nicht groß, wie die zwischen allen anderen auch. Und doch lauert ein Mord am Ende des Wegs, ein erschlagenes Haupt, du kannst nichts dagegen tun, die andere führt dir die Hand im Schlaf, du bist machtlos dagegen, du bringst ihn um, den anderen. Wenn du nur nicht vergisst, einen Zahn zu vergraben alle hundert Kilometer. Ach Bruder, lass ihn uns retten und einen anderen töten.

Maddalenas Stimme, die Stimme des drogenkranken Mädchens aus der Obhut Jaspers, drang, mit jedem Satz schwächer werdend, zu Kruse. Dann schlief er ein.

Als er erwachte, entdeckte er zunächst den schwarzen Fleck auf seiner Haut. Er ließ sich nicht abreiben oder verschmieren. So groß wie ein altes Fünfmarkstück, erschien es ihm wie ein Mal, doch keines, das man von Geburt an trägt, sondern eins, das man erworben hat, ohne zu wissen, woher es kommt, was es bedeutet. Dann erst bemerkte er die aufgeschreckten Vögel, die in riesigen, kreisförmigen Bögen über ihm schwebten und dann in großer Eile und Aufregung Richtung Meer flogen. Vor ihm, auf dem Steinfußboden des Plateaus, tat sich ein Riss auf, nicht groß, kaum ausreichend, um ein Stück Papier darin verschwinden zu lassen. Aber der Riss zog sich über die gesamte Länge des Bodens bis zur flachen steinernen Mauer hin. Dort spielten zwei blonde Kinder eine Art »Räuber und Gendarm«, ein Junge und ein Mädchen, beide vielleicht zwölf Jahre alt. Aber es konnte auch täuschen – sowohl die Diagnose des Spiels als auch die Frage, ob dort tatsächlich Kinder waren. Denn nicht wirklich möglich schien es zu diesem Zeitpunkt. Der Boden unter seinen Füßen begann zu schwanken. Der Himmel strahlte blutrot. Aus dem Vesuv stieg eine Rauchsäule auf. Eine überdimensionale satanische Orgel stieß aufbrausend und herrisch apokalyptische Klänge aus, schien sie geradezu unter Schmerzschreien zu gebären. Die Rauchsäule entließ Gestein, Asche und Gestank in den brennenden Himmel. Doch auch das Meer verfärbte sich. Vom Widerschein des Himmels leuchtete es in einem schmutzigen Rosa; die Flächen der brausenden See hingegen schimmerten in einem grünlichem Grau, von rotzfarbenen Gischtkronen durchzogen. Kruse rannte zur Mauer des Castels und sah auf die zitternde Stadt. Die Häuser zu seinen Füßen schienen zu tanzen, einzelne Teile von Dächern und Torbögen stürzten ein. Es klang von fern wie das Knacken und Brechen von Knochen. Schreie von Menschen wie durch eine Wand von Watte hallten den Berg hinauf. Die Hügel des Vesuvs herab ergoss sich ein Strom weißglühender Lava, immer wieder stürzten Brocken pyroklastischen Gesteins in die zähflüssige Masse, schmatzende und ächzende Geräusche hallten wider. Hunderte von Schiffen wurden in Eile losgemacht und brachten Menschen auf die blatternarbige, krustige See hinaus. Weiter draußen, auf Höhe der Inseln, schien es ruhiger zu sein. Dort war man geschützt vor den herabstürzenden Höllenschüben aus Asche und Stein. Zu Dutzenden schlängelten sich Schlammströme wie gefräßige Ottern durch die Olivenhaine. Weinstöcke gingen in Flammen auf und leuchteten aus der Entfernung wie brennende Gärten. Auf den Straßen unter sich entdeckte Kruse Menschen wie Ameisen, die von einem Stock aufgescheucht wurden. Auf den größeren Plätzen sammelten sich die Massen, dort wähnten sie sich sicher vor der Wut der Zerstörung. Aus den Eingeweiden der Stadt kamen sie zu Tausenden und flüchteten zum Hafen. An den schwer bewachten Toren kämpften Soldaten einen verlorenen Kampf. Denn gegen welchen Feind sollten sie hier vorgehen? Der Ausbruch des Vesuvs machte sie alle gleichermaßen zu Besiegten. Und so dauerte es keine Viertelstunde, bis die Hafentore nachgaben. Die Ersten, die aufs Gelände stürmten, hatten noch eine Chance, in eins der Boote zu gelangen. Der Rest, und dies war die Mehrzahl, saß fest, ohne Möglichkeit, das rettende Meer zu erreichen. Kruse hielt sich an einem rostigen Geländer fest. Aus dem Riss zu seinen Füßen stieg eine schweflige Schwade auf, einen Geruch aus verbranntem Leben hinterlassend. Ein Stein schlug neben ihm auf, groß genug, ihn umzubringen. Es traf alle gleichermaßen – ihn, die Armen, die Reichen, die Adligen wie die Hafennutten, die Padres wie die gutfrisierten amerikanischen Offiziere, die Ratten aus den Kellerlöchern wie die Geschäftetreiber und Halsabschneider. Immer weiter schwoll die Menge auf den Plätzen an, unaufhaltbar wie der Strom von Lava, durch das enge Straßengewirr hervorplatzend, alles beiseiteschiebend, was sich in den Weg stellte, Autos, Pferdefuhrwerke, die verwaisten Stände der Händler. Die Gottgläubigen, Seite an Seite mit den Brünstigen, stürmten die Bordelle, die Hungernden plünderten die Bäckereien und schlugen sich hernach mit den Frommen. Die Besiegten lachten über die Sieger. Soldaten mit verzerrten Gesichtern und zerrissenen Uniformen drückten sich ängstlich in die Hauseingänge. Die geschundenen Huren rächten sich an den Satten, indem sie als Erste die wenigen Boote besteigen durften, galant an der Hand geführt von hochrangigen Beamten der Stadt. Immer mehr Menschen strömten aus den Tiefen der Kanalisation hervor. Ein zerlumptes Ersatzheer kahler, lebloser Gestalten. Kruse meinte, sie wiederzuerkennen, die Gesichter, die er bei seiner Ankunft wahrgenommen hatte. Die Träger dieser bis an die Leblosigkeit starren Masken ließen sich nieder in den Torbögen der Adelspaläste, scheinbar stumm ihrem Schicksal ergeben. Darin unterschieden sie sich vom panischen Treiben des Rests der Stadtbevölkerung. Denn nichts mehr, viel weniger denn nichts, hatten sie zu verlieren. Doch jetzt spritzten auch aus dem pockendurchsetzten Meer gelbliche Schwefelfontänen. Wie geplatzte Eiterbeulen schnellten sie in die Höhe, schienen am Scheitelpunkt jener Kurve, die sie beschrieben, einen Augenblick zu verharren, um sich dann, in Tausende Teile zerfallend, als gelbsaurer Regen ins Wasser zu ergießen. Das Meer erschien wie eine geschundene Haut – eine Haut, die reißt und platzt, die brennt und sich von Minute zu Minute verfärbt. Die Boote, geworfen von einem Augenblick in den nächsten, tanzten wie Läuse und Maden, als hätten sie Freude an den Explosionen der Eingeweide. Die imaginäre Orgel brauste ein letztes Mal und setzte zu einem finalen Akt der Verzweiflung an. Dies war keine Melodie des Sterbens in Würde, gar Schönheit. Es war eine Kakophonie des Grauens, keinem Metrum gehorchend, lediglich folgend den konvulsiven Zuckungen, krampfartigen Blähungen der Natur. Dann erschöpfte sich das Grauen, ermüdet an sich selbst. Eine Stille setzte ein, als hätte der Ausbruch des Vulkans für einen Moment jegliches Leben abgetötet.

Und plötzlich: In der Ferne, auf die Höhen von Posilippo hin, sah Kruse einen Zug von Menschen, eine Gruppe von vielleicht zwanzig, fünfundzwanzig Personen. Sie würden es also schaffen, so wie Bebel es arrangiert hatte. Eduardo und Lucalino waren aus der Stadt heraus.

Kruse hockte zusammengekauert wie ein erschrockenes Tier in der Ecke. Gern wäre er vom Ort des Geschehens geflüchtet, wenn er denn gewusst hätte, wohin. Er entdeckte eine alte rostige Eisentür, die zu den Fahrstühlen führte. Er drückte auf einen der Knöpfe und fuhr einige Stockwerke abwärts. Nachdem er den Fahrstuhl verlassen hatte – die Tür hinter ihm fiel krachend in die Verankerung – fand er sich in einem langgezogenen Flur wieder. Überall lagen Matratzen herum. Auch dieser Gang war also eines der vorübergehenden Lager oder Notunterkünfte für die zahllosen Flüchtigen. Nur schien er schon vor geraumer Zeit verlassen worden zu sein. Drei weitere Türen aus robustem Material konnte er entdecken. Wahllos drückte er die Klinke der ersten und gelangte erneut auf einen dunklen Flur. Er tastete sich an der Wand entlang auf einen Lichtschimmer zu, der sehr zögerlich und sparsam durch eine Luke oder auch nur ein Loch im Gemäuer ins Innere der Festung fiel. Eine nächste Tür versperrte ihm den Weg. Er hatte Mühe, sie zu öffnen, und stemmte sich mit dem ganzen Körper dagegen, ehe sie endlich nachgab. Er trat in einen Raum, der ihm erschreckend hell erschien. Licht flutete durch große Fenster, die bis an den Boden reichten. Schwer zu deuten, was für eine Art Raum dieses Zimmer war. Möbel standen scheinbar wahllos herum, sorgsam abgedeckt mit großen weißen Laken. Inmitten des Zimmers ein überdimensionierter Schreibtisch, auch er mit einem Tuch verdeckt. *Viel Luft darin. Oder wie die Häuser in Italien, nur wenige Möbel, auch sie meist unter weißen Laken gegen die Sonne geschützt. Unbevölkerte Räume, mögen andere es füllen, mag der Geist es füllen. Es lässt Platz. Ein höfliches Bild.* Der Raum schien längere Zeit nicht in Benutzung gewesen zu sein, wie eine Sommervilla, die von den Besitzern verlassen, und vor eben diesem Verlassen noch mit Tüchern verdeckt vor den Wintertemperaturen geschützt werden sollte. Einzig ein altmodischer Rollschrank war unverhüllt. Kruse löste das Scharnier und ließ krachend das Rouleau heruntersausen. Ein Schwall Papiere flog ihm entgegen. Gedankenlos blätterte er darin.

Eine Hand berührte ihn an der Schulter. Im Bruchteil jener Sekunde, bevor er sich umdrehte, bemerkte Kruse eine merkwürdige Vertrautheit dieser Berührung. Es war der seltsame Unbekannte, der ihn in Zürich auf der Straße angesprochen hatte und mit dem er sich ein lausiges Verfolgungsrennen an der Limmat geliefert hatte, ehe ihn Jasper aus dieser Kalamität mit einem Krokodilfänger-Griff erlöst hatte. Kruse nutzte die Gelegenheit des beiderseitigen Erschreckens und nahm als Erster das Wort.

»Ich freue mich, Sie bei guter Gesundheit zu sehen.«

»Ja, danke. Jasper hat einen guten Schlag, immer noch.«

»Sie kennen sich?«

»Wie man sich kennt«, der andere machte eine Art wegwerfende Bewegung, »wenn man aus derselben Stadt stammt.«

Mit dieser Antwort freilich hatte Kruse nicht rechnen können. Und also reichte es bei ihm nicht zu mehr als einem plumpen: »Und wer sind Sie?«

»Lassen wir die Frage, wenn Sie gestatten, ein klein wenig ruhen«, bekam er zur Antwort. »Es hat bislang keine Rolle gespielt, und was tut ein Name mehr oder weniger jetzt noch zur Sache.«

Kruse wurde durchaus streitlüstern. »Ich denke schon, dass ein Name etwas zur Sache tut. Wenn wir alle drei aus der gleichen

Stadt stammen, so haben wir immerhin etwas gemeinsam. Mit dem Unterschied, dass Sie und Jasper sich kennen, Jasper und ich uns immerhin in Zürich kennengelernt haben, Sie mir aber bis jetzt vollkommen unbekannt sind. Ich halte dies für keinen günstigen Umstand.«

»Ich verstehe Sie sehr gut«, sagte der andere mit einer seltsam weichen, öligen Stimme, »und deshalb bin ich ja auch hier. Sie sind es aber, der sich immer wieder entzieht, Herr Kruse. Sie hetzen mich ganz schön herum, wenn ich es so formulieren darf.«

Kruse betrachtete sein Gegenüber genauer. Er schätzte sein Alter auf ungefähr Ende vierzig, also um ein paar Jahre älter als er selbst war. Gleichwohl hätte er schwören mögen, ihn noch nie gesehen zu haben, von den beiden Begegnungen in Zürich abgesehen. Der andere setzte sein schwammiges Reden ungerührt fort. »Und es ist auch nicht besonders nett von Ihnen, immer wieder tagelang zu verschwinden. Kaum habe ich Sie gefunden, tauchen Sie auf merkwürdige Weise wieder ab und sind wie vom Erdboden verschluckt.«

»Darf ich vorschlagen, die Höflichkeiten beiseitezulassen«, antwortete Kruse »und Sie erklären mit einfach, was Sie wollen.«

Der andere lächelte ein ausgesprochen blödsinniges, weil unpassendes Lächeln. »Vielleicht möchte ich dasselbe wie Sie, Herr Kruse. Wir haben beide eine Rechnung offen.« Er versah den letzten Satz mit einer leichten Hebung, so dass es klang wie eine Frage, die Kruse zu beantworten hätte.

»Mit Ausnahme meiner Freundin, der ich vielleicht einiges zu erklären habe nach meiner Rückkehr, habe ich mit niemandem eine Rechnung, wie Sie meinen, offen. Tut mir leid, Sie in diesem Punkt enttäuschen zu müssen.« Und da der andere nichts erwiderte, setzte Kruse noch ein etwas resigniertes »Das heißt, falls ich jemals wieder zurückkehren sollte ...« hinzu. Dies wiederum nahm der andere zum Anlass, um scheinbar arglos zu fragen, was ihn denn hindere, das nächste Flugzeug zu besteigen, heimzufliegen und es der Freundin zu erklären.

Kruse fragte: »Sie haben nichts von dem Naturspektakel mitbekommen?«

»Sie meinen den Regen heute Vormittag. Ja doch, enorm, nicht wahr. Wenngleich nicht ungewöhnlich für die Jahreszeit in mediterranen Gegenden.« Doch, doch, ein ziemlicher Guss sei das gewesen. Der Unbekannte hatte nichts mitbekommen, wie auch.

Kruse fragte weiter. »Sie wollten etwas von mir kaufen. Vorausgesetzt, wir meinen beide das Gleiche, und dessen bin ich mir alles andere als sicher, warum eigentlich? Warum von mir? Was macht Sie so sicher, dass ich habe, was Sie wollen?«

»Vielleicht habe ich auch ein Interesse daran, etwas herauszufinden, etwas, das lange Zeit zurückliegt.«

»Nur damit wir uns nicht falsch verstehen, Sie sind interessiert an den Aufzeichnungen von Mathilda Bebel über ihre, nun ja, Männergeschichten?«

»Ja, sicherlich. Auch ich habe gute Gründe, etwas über das Schicksal meines Onkels erfahren zu wollen, Herr Kruse.« Der andere schlug einen beleidigten Ton an.

»Eduardo?«, hustete Kruse hervor und verschluckte sich fast an dem Wort.

Der andere lachte schallend. »Wo denken Sie hin? Wussten Sie übrigens, dass er es in Chile noch durchaus weit gebracht hat? Er war bis Anfang der 80er Staatssekretär im Kultusministerium in Santiago. Eine steile Karriere für einen alternden Stehgeiger. Wozu doch alte Verbindungen mitunter nützlich sein können. Nein, es tut mir leid, aber das Schicksal des Geigenmeisters interessiert mich nicht wirklich. Jedenfalls nicht sein Leben in Chile.«

»Aber von welchem Onkel reden Sie dann?«

»Jasper hat einiges versucht, die Geschichte recht tief zu hängen. So wie es Ihr Onkel seinerzeit auch probiert hatte. Vielleicht, weil es ihm unangenehm war. Oder um die Erinnerung an die Bebel nicht mit dem Makel eines blödsinnigen Fehlers zu trüben.« Jetzt erst bekam Kruse eine Ahnung, wer der merkwürdige Mensch ihm gegenüber war. Eine seltsame Stimmung aus Enttäuschung und Mitleid machte sich breit in ihm. Und der andere, als hätte er Kruses Stimmung erraten:

»Tja, Herr Kruse, so ist es wohl immer. Man sucht und gräbt ein Leben lang. Eine Drecksarbeit ist das. Schlimmer als Goldschürfen oder Steinbruch. Und am Ende gerät man an einen wie mich. Bitter, was? Jasper Bebel ist sicherlich faszinierender. Er kann erzählen, kann einen mit seinem parapsychologischen Voodoo-Scheiß beeindrucken, Sie auf Reisen schicken. Er kann Sie besoffen machen damit. Er lebt in einer eigenen Welt aus Hirngespinsten, Drogen und seinem philippinischem Firlefanz. Schon vom Zuhören wird einem schwindelig dabei. Haben Sie jemals eines seiner Bücher gelesen? Dagegen kommt einem eine esoterische Buchhandlung vor wie die Datenbank des Max-Planck-Instituts. Ich war bei ihm. Mehr als eine Woche vor Ihnen. Zufällig hatte ich von der Existenz der Aufzeichnungen erfahren. Jasper meinte nur, sie wären nicht in der Hinterlassenschaft seiner Mutter. Da wusste ich aber bereits, dass sie sich im Nachlass Ihres Onkels in Trani befinden. Jasper hat es vermocht, über zehn Jahre die Herausgabe an Sie zu verhindern. Er hat eben so seine Verbindungen. Ich hätte einen fairen Preis bezahlt für eine Abschrift … oder nur, um einmal einen Blick hineinzuwerfen. Aber

Jasper hatte wohl Angst, das Bild seiner Mutter könnte irreparablen Schaden nehmen. Wahrscheinlich war ihm klar, dass ich mich nicht von ihm so einfach abservieren lasse. Als Spieler taugt er nicht viel, weil er sich an keine Regeln halten mag. Aber es scheint ihm immerhin ein sardonisches Vergnügen zu bereiten, uns beide durch halb Europa zu hetzen, nur dieser verdammten Aufzeichnungen wegen. Ich fürchte, er hielt Sie am Ende wohl für den interessanteren Probanden. Deshalb hat er Ihnen die Sachen zukommen lassen. Sie werden mir mein etwas ungeschicktes Schreiben wohl verzeihen?«

In Ihrem Besitz befinden sich Dinge ... Kruse erinnerte sich wie an ein lange zurückliegendes Ereignis.

»Die Knochen Ihres Onkels liegen eingemauert in den Kellerräumen der ehemaligen Agentur Bebel. Das Haus steht leer. Sie können die Polizei informieren, wenn Sie wollen«, antwortete Kruse farblos.

»Ja, das könnte ich wohl, wenn ich wollte. Nur, wissen Sie, plötzlich will ich nicht mehr. Ich bin Ihnen wochenlang hinterhergereist, in der Hoffnung, Sie könnten mich auf die rechte Spur führen. Freilich, mir war klar, irgendeine dunkle Geschichte wird sich dahinter schon verbergen. Aber irgendwie ist es nicht mehr meine Geschichte, verstehen Sie?«

»Nein, ich verstehe nicht. Verstehe nicht, warum es Sie plötzlich nicht mehr zu interessieren scheint. Jetzt, da Sie mich gefunden haben. Jetzt, da ich Ihnen vielleicht freiwillig und völlig unentgeltlich Auskunft erteilen könnte.«

»Lange Zeit war ich besessen von dem Gedanken, etwas über das Verschwinden meines Onkels erfahren zu können. Es macht ihn nicht lebendig. Und manchmal ist es besser, die Dinge auf sich beruhen zu lassen.«

»Und darauf kommen Sie jetzt? Sie betreiben recht viel Aufwand für einfachste Erkenntnisse, finde ich. Darf ich fragen, was zu Ihrem Sinneswandel geführt hat?«

»Ich sehe es Ihrem Gesicht an. Wissen Sie, ich verstehe von vielen Dingen nichts. Und ich bin nicht einen Bruchteil so gebildet wie Jasper. Aber ich verstehe etwas von Gesichtern. Ich bin Fotograf. Ich mache Porträtfotos für Ausweise, naja, hauptsächlich jedenfalls. Manchmal auch Hochzeitsfotos oder Ähnliches. Man hat viel Zeit, Gesichter zu studieren. Ich habe zum Beispiel noch niemals falsch gelegen, wenn ich eine baldige Scheidung prophezeit habe. Ich kann Gesichter lesen. Besser als Bücher.«

»Und was lesen Sie in meinem Gesicht?«

»Sie sollten nach Hause fahren, ein Bad nehmen und zeitig schlafen gehen. Und das möglichst ein paar Jahre lang. Ich werde ein Nämliches tun.«

»Ich werde versuchen, Ihren Rat zu befolgen.«

Der Unbekannte empfahl sich. Kruse versäumte es wiederum und letztmalig, ihn nach seinem Namen zu fragen. Einige Minuten, nachdem er gegangen war, verließ auch Kruse den Raum mit einer Selbstverständlichkeit und Ortskenntnis, die ihn erst im Nachhinein verwunderte. Es war müßig, darüber nachzudenken, was der andere hier wollte, warum er ihn gerade hier erwartete. Nun war er weg. Sobald Kruse das Castel verlassen hatte, setzte er sich auf einen Mauervorsprung und versuchte nachzudenken. So also hatte sich, eher beiläufig, das Rätsel des Nachbarn auf dem Foto wie auch des unbekannten Mannes aus Zürich gelöst. Und gleichzeitig hatte die Frage, warum nach so vielen Jahren eine Geschichte begann, ihre unsichtbaren Tentakel auszuwerfen, eine lapidare Antwort erhalten. Im Nachhinein fand Kruse, dass Jaspers Antwort, die Post gehe eben etwas langsam in Italien, genauso plausibel erschien. Ein merkwürdiger Zustand, sinnierte er, wenn alles geklärt scheint, und dennoch ein umfassendes Gefühl der Leere zurückbleibt. Man muss nicht alles wissen, und begehren sollte man es schon gar nicht. Schuldgefühle hegte er gegenüber Romana, die ihm so weise und lebensklug erschien in dem einen – und so derart allein und verlassen, verzweifelt und hoffnungslos in jenem anderen Dasein. Er hatte sie benutzt und belogen. Es ließ sich nicht mehr rückgängig machen. Schuldgefühle hegte er gegenüber Mathilda, der er in einem Wimpernschlag der Zeit begegnet war, in einer Form plötzlicher und unwiderstehlicher Aufwallung. Und die ihm jetzt schon, da er auf der Mauer vor dem Castel saß, fremd und fern und tot erschien. Ein Mensch, mit dem er nichts weiter gemein hatte als die Phantasmagorie eines kurzen Aufenthaltes in Neapel. Nicht einmal die Frage ihrer vermeintlichen oder tatsächlichen Schwangerschaft schien jetzt noch von Bedeutung. Kruse war sich sicher, es gab kein Kind. Vielleicht hatte sie es in den Jahren der Flucht verloren, wer weiß. Jasper war der einzige Sohn der Bebels, die nach dem Krieg und jenen Jahren im Tessin nach Wittenberg zogen. Sich dort vergruben in eine bürgerliche Existenz, unter dem schmalen Deckmäntelchen einer Künstleragentur. Dort ihre Jahre ablebten wie einen Langzeitkredit … ehe doch noch einmal Bewegung zumindest in das Dasein Mathildas kam mit der unerbetenen Rückkehr der beiden Verehrer aus neapolitanischen Tagen.

Der Himmel über Neapel zuckte von grellen Blitzen – ein Feuerwerk, ihm zu Ehren, ihm zum Abschied. Kruse hatte großen Durst. Ein Glas Kirschlikör hielt er für angebracht. Und Lust auf eine Partie Backgammon. Und Sehnsucht nach der großen B-Dur-Partita von Bach. Es dauerte nicht lange, dann klingelte sein Telefon. Es war Alina.

Ich danke Susanne Müller-Wolff, Stefan Wancura und Holger Kuhla. Ohne sie wäre dieses Buch nicht zustandegekommen. Mein besonderer Dank gilt Roman Pliske, André Schinkel und Marie-Theres Gebhardt für ihre kritische Lektüre. Wesentliche Informationen über Cy Twombly verdanke ich der Studie »Cy Twombly« von Roland Barthes, erschienen im Merve-Verlag. Die Hölderlin-Zitate sind der Gedicht-Ausgabe des Insel-Verlags (1982) entnommen. Das Goethe-Zitat (S. 93) entstammt der Ausgabe »Sämtliche Gedichte« (Insel-Verlag 2007), und bei dem Büchner-Zitat (S. 85) handelt es sich um eine Zeile aus seinem Stück »Leonce und Lena« (Verlag Philipp Reclam jun., 2006).

Alexander Suckel, geb. 1969 in Halle (Saale), studierte Musikwissenschaft und Opernregie in Halle und Berlin, er arbeitete als Moderator und Autor fürs Radio. Seit 1995 war er als Musiker, Dramaturg, Autor und Regisseur an vielen deutschen Theatern tätig und ist heute Geschäftsführer des Literaturhauses in Halle, wo er auch lebt. 2017 erschien sein Roman »Inquietudo« im Mitteldeutschen Verlag.

Umschlagabbildungen: © Anna Kucherova, Voysla - shutterstock.com

www.mitteldeutscherverlag.de

Gesamtherstellung: Mitteldeutscher Verlag, Halle (Saale)
Lektorat: André Schinkel, Halle (Saale)

ISBN 978-3-96311-144-0

Printed in the EU